Ute Wegmann

Sandalenwetter

Karl weiß gar nicht, was mit ihm los ist – immer wenn Charlotte in seiner Nähe ist, fühlt er sich so komisch, und immer wenn Charlotte gerade guckt, passieren ihm die peinlichsten Sachen. Dabei findet Karl Charlotte toll. Also muss er handeln: Karl wird Charlotte schreiben, sie ins Kino einladen, zum Eisessen ... Nur blöd, dass sie morgen früh in die Ferien fährt – für sechs Wochen! Eine Ewigkeit! Aber für das Glück muss man Opfer bringen: Schule schwänzen und mit der Wahrheit locker umgehen. Entschlossen nimmt Karl alle Herausforderungen an, denn am Ende des steinigen Weges steht Charlotte.

Ute Wegmann, geboren 1959, studierte Romanistik und Germanistik in Köln und arbeitet als Autorin, Moderatorin, Literaturkritikerin und als freie Redakteurin für den Deutschlandfunk. Sie lebt in Köln.

Roland Breitschuh, geboren 1964 in Krefeld, arbeitet als freier Fotograf sowie international als Kameramann für Dokumentarfilme und Werbung. Er lebt mit seiner Familie in Köln.

Ute Wegmann

Sandalenwetter

Mit Bildern von
Roland Breitschuh

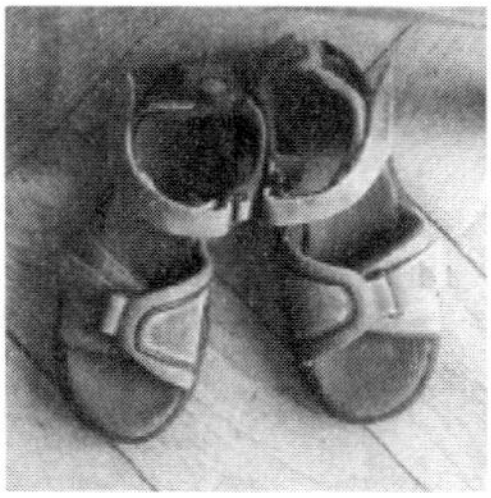

dtv

Unterrichtsmaterial zu ›Sandalenwetter‹
zum kostenlosen Download unter
www.dtv.de

Ute Wegmann in der Reihe Hanser:
Sandalenwetter
Weit weg ... nach Hause
Never alone
Die besten Freunde der Welt
Hoover
Dunkelgrün wie das Meer
Toni
Manchmal bist du überall –
Geschichten und Gedichte

MIX
Papier | Fördert
gute Waldnutzung
FSC® C019821

20. Auflage 2025

Tumblingerstraße 21, 80337 München
produktsicherheit@dtv.de
Umschlagbild: Rotraut Susanne Berner
Gesetzt aus der Meridien 11/15˙
Satz: Greiner & Reichel, Köln
Druck und Bindung: Druckerei C.H.Beck, Nördlingen
Printed in Germany · ISBN 978-3-423-62219-6

Für Philip

und alle, die mit neun Jahren gern wissen
möchten, wie es sich anfühlt,
wenn man zum ersten Mal verliebt ist

Inhalt

1. Taschengeld

Quietschsonnenmaisgelb ist die Farbe für Taschengeld, dunkellila die für Geige üben. In zwei Farben teilt Karl Welzen die wichtigen Dinge seines Lebens ein: Entweder macht etwas Spaß und ist gut und schön und lustig, dann ist es gelb, so gelb wie der Mais, den Cowboys auf dem Feuer rösten. Ist aber etwas voll blöde, ungerecht oder einfach daneben, dann ist es tiefdunkellila wie Auberginen, dieses längliche Gemüse, das sich auf der Zunge anfühlt wie Watte und meistens auch so schmeckt. Tiefdunkellila sind auf jeden Fall die mit Terminen voll gepackten Wochentage: Schule, Judo, Geigenunterricht, Hausaufgaben. Solche Tage sind schon fast schwarz, so tieflila sind die. Maisgelbe Tage vergehen völlig ohne Stress. Nur faulenzen, kicken, Heftchen lesen, leckere Sachen essen und Fernsehen gucken. Eine Erholung von den dunkellilafarbenen!

Welcher Tag ist heute? Dienstag. Farbe? Leuchtend gelb! So gelb wie Charlottes neues T-Shirt, das super aussieht zu ihren braunen

Zöpfen. Maisgelbe Charlotte, gelber Dienstag! Gelb, denn es gibt Bandnudeln mit Spinat und Knoblauch. Zweifelsfrei Karls Lieblingsgericht. Die Mittagessen mit Gemüse bringen echte Erholung. Denn dann bleibt Karl vom Salat verschont. Karls Mutter liebt Blattsalate – und zwar jeden Tag, in allen Formen und Farben. Egal, wie die Teile heißen: Kopfsalate! Weil sie rund sind wie grüne Köpfe von Außerirdischen? Eichblattsalat! Weil die Salatblätter die Form haben wie die Blätter einer Eiche? Und Batavia? Wem sieht der Salat ähnlich? Es klingt wie der Name eines alten verschrumpelten Ritters! Der mit dem uncoolen Namen steht ungefähr fünfmal in der Woche auf dem Tisch. Schön angerichtet, mal mit klein geschnittenem Fenchel oder Möhre, mal mit Rucola. Rias Fantasie ist grenzenlos und trotzdem bleibt es Salat. Und schmeckt wie Salat: grün und salatig.

Früher war Karls Mutter voll öko. Nicht äußerlich, mehr so in Essensangelegenheiten. Es gab Hirse und Grünkern und immer Gemüse aus dem Bioladen und Fleisch am liebsten gar nicht.

Deshalb freut sich Karl seit jeher auf die

Sommertage bei den Großeltern. Die leben auf dem Land in einem Haus mit Garten. Und Opa, der isst gern Fleisch. Für sein Leben gern. Und Oma auch.

Wenn im Sommer das Wetter gut ist, also eigentlich selten, wird im Garten gegrillt. Aber nicht einfach nur Würstchen. Nein! Schnitzel, Koteletts, Bauchspeck, Steaks. Riesige Fleischteile, die ohne Ende über Tellerränder lappen.

Am liebsten würde Karl jedes Wochenende zu den Großeltern fahren. Da kann er Sachen machen, die man in der Mietwohnung schlichtweg vergessen kann: Tischtennis spielen oder Federball und natürlich kicken. Logisch! Aber mehr als alles liebt Karl es, mit einem Schritt draußen zu stehen. Im Garten! Das findet er großartig: Nirgends blöde Treppen. Immerhin wohnt er im dritten Stock. Ria sagt: »Das hält fit und ist gut für den Hintern.« Sie meint, das strafft. Ihren Hintern! Mag sein! Bei Karl ist das schließlich nicht nötig. Charlotte, die hat es richtig gut: Sie wohnt im zweiten Stock in einem Haus mit Aufzug. Das wäre der Hammer: Ria könnte ihren Hintern straffen und Karl würde sich fein nach oben fahren lassen. Einige seiner Freunde müssen sogar fünf Etagen hochsteigen. Da kann sich ein später Nachmittag schon mal zu einer mittleren Katastrophe ausweiten. Wenn zum Beispiel beim Einkauf die Milch vergessen wurde. Meistens muss dann eins der Kinder runterrennen. Milch holen. Als ob das für Kinder einfacher wäre als für Erwachsene. Ungerechtigkeiten des Lebens! Das ist nur eine davon.

Auf jeden Fall ist immer noch Dienstag und Sommer! Und die Sonne scheint. Und das ist gut so in der letzten Woche vor den Sommerferien.

Maisgelber Dienstagnachmittag: kein Judo, kein Geigenunterricht, kein Zahnarzttermin und keine Hausaufgaben. Keine Pflichten! Nur freie Zeit!

Meistens trifft Karl sich an solchen Tagen mit seinen Freunden im Park. Natürlich zum Fußball spielen. Die Zeit der Detektivspiele mit heimlichem Leute-Beobachten ist vorbei. Früher waren er und seine Freunde gut ausgestattet: Im Detektivkoffer lagen ordentlich nebeneinander Ausweise, Flitschen, Spurensucher, ein Fernrohr, eine verspiegelte Brille und selbstredend Handschellen. Falls der Täter dingfest gemacht werden musste. Aber der Koffer steht seit einiger Zeit unbenutzt unterm Bett, überzogen mit einer dicken Staubschicht. Karl fühlt sich für dieses Spiel zu alt: Detektive sind meistens viel jünger. Zweites Schuljahr oder so.

Neuerdings widmet Karl seine ganze Aufmerksamkeit einem Pappkarton, beklebt mit coolen Aufklebern. Darin herrscht ein völliges

Chaos aus Zetteln, Fotos und Fußballbildern und Einladungen zu Geburtstagen – auch von Mädchen. Die beste Geburtstagsparty war eigentlich Charlottes: Disco mit Rumsitzen, Salzstangen essen und Musik hören.

Karl liegt auf dem Boden im Kinderzimmer und beginnt das Poster einer Fußballmannschaft aus einem Sportheft zu trennen. Schon zwei Uhr und er hat noch keine Verabredung. Langsam könnte ja mal was passieren. Wo sind denn die Reißzwecken, die auf der Fensterbank lagen? Er schiebt die Vorhänge zur Seite: Clowns und Tiger in der Manege! Wie peinlich! Das ist oberlila! Hoffentlich kann man von der Straße aus die Clowns nicht erkennen. Charlotte würde ihn sonst für ein Kleinkind halten. Das alberne Kindermuster ist wirklich nichts für einen, der nach den Sommerferien aufs Gymnasium geht. Aber Ria hat absolut nie Zeit, mit ihm neue Vorhänge auszusuchen. Seitdem sie mit dem Studium angefangen hat, hetzt sie nur durch die Gegend. Physik und Mathe sind ihre Fächer. Damit hat sie gute Chancen, weil solche Lehrer gesucht werden, sagt sie. Und nebenbei jobbt sie in einem Feinkostladen. Da muss man gestresst sein!

Seine Mutter scheppert in der Küche mit einem Topf herum. Aus dem voll aufgedrehten Radio schallt ›Overload‹ von den Sugababes. Bei dem Lied kann Ria richtig ausflippen. Und das tut sie auch. Lautstark singt sie mit. Seine Mutter freut sich wohl total auf die Ferien. Ferien!? Zeit für Vorhänge!? Das wäre ein echter Lichtblick. Andererseits: sechs Wochen ohne seinen Freund Antonio, sechs Wochen ohne Fußball spielen in den Pausen, sechs Wochen ohne Charlotte? Sechs Wochen zu Hause?

Karls Vater, der ist manchmal ein oder zwei Wochen unterwegs. Volker hat Kunstgeschichte studiert und noch was, das heißt Völkerkunde. Da geht's um verschiedene Stämme auf der Erde, vor allem um die Afrikaner. Volker sagt immer, so ein Studium kannst du dir auch gleich an die Backe heften. Er meint wohl, das bringt nichts. Wenn man nicht die richtigen Leute im Museum kennt, findet man nie einen Job. Und so war es dann auch! Er kannte diese richtig wichtigen Leute nicht. Und er fand keinen Job. Weder im Museum noch anderswo.

Erst war er enttäuscht, weil ihm das viel Spaß macht mit der Kunst. Aber jetzt hat er eine tolle Arbeit gefunden. Er fährt LKW bei einer Spedition. Keine stinknormale, die Möbel oder Konservendosen transportiert, sondern eine Kunstspedition. Volker fährt zu den Ateliers großer Künstler, meistens schwer berühmte Maler, und transportiert ihre Bilder mit dem kleinen LKW durch Europa zu Galerien und Museen. Wenn Volker länger weg ist, brechen für Karl harte Zeiten an, vor allem wenn kein Sprudelwasser mehr im Haus ist oder die Welzens das Treppenhaus putzen müssen. Dann ist nämlich Karl gefragt!

Die Musik aus der Küche übertönt beinahe das Schnarren des Telefons. Telefonklingeln hört Karl allerdings immer, sogar wenn die Waschmaschine schleudert oder Ria im Bad volle Dröhnung ihre Haare föhnt. Denn Klingeln ist gelb und bedeutet meistens ›Freund‹, also einer, der sich verabreden will. Karl rast aus seinem Zimmer und überholt Ria, die zum Apparat tanzt.

»Ich geh schon!«, ruft er, rutscht auf Socken zum Telefontisch und reißt den Hörer von der Gabel.

»Karl Welzen! – Hallo, Lukas! – Nein, ich hab Zeit! Hast du Lust auf Fußball?«, fragt Karl und folgt Ria in die Küche.

Das Radio dröhnt.

»Kann ich mit Lukas im Park Fußball spielen?«, brüllt Karl.

Ria nickt und singt gut gelaunt irgendein altes Stück mit. Von Cat Stevens. Den kennt heute niemand mehr, aber damals fanden ihn alle super. Sagt Ria. Karl findet die Musik grauselig. Das Radio und Cat Stevens geben alles. Karl flüchtet in sein Zimmer.

»Lukas, hörst du mich? Um drei im Park? Bringst du den Ball mit? – Okay! Bis gleich!«

Plötzlich ist es ganz still und Ria steht in der Kinderzimmertür: »Sind die Hausaufgaben fertig, mein Sohn?«

Karl zuckt zusammen. »Mensch, hast du mich erschreckt!«, sagt er und zieht sich die gelbschwarzen Stutzen an. »Wir haben gar nichts auf, Mama! Frau Larens hat selber keine Lust mehr auf Unterricht. Sie spricht nur noch über die Toskana. Gestern hat sie von alldem ›Schönen‹ erzählt, das die Italiener nach Deutschland gebracht haben. Sie konnte nicht mehr aufhören. Angefangen hat sie bei ›eindrucksvollen‹ Kunstwerken, dann schwärmte sie von den weltberühmten italienischen Nudeln und ihren verschiedenen Formen und zum Schluss ging's um Wildschweingerichte.«

»Oh! Wildschwein.« Ria überlegt. »Was für eine gute Idee! Das braten wir, wenn Papa zurückkommt.«

»Ich hab noch nie Wildschwein gegessen. Schmeckt das?«

»Es ist köstlich! Ich glaube, es könnte dein neues Lieblingsessen werden.«

Während Karl sein Fußballtrikot anzieht, nimmt er sich vor, seine Eltern zu überreden, nächstes Jahr in die Toskana zu fahren statt zum hundersten Mal auf den FKK-Campingplatz in Südfrankreich. Die ganzen Nackten in Socken und Turnschuhen gehen ihm schon lange auf den Wecker.

»Weiße Büffel kann man dort sehen, sagt Frau Larens«, erzählt Karl weiter. »In einem Naturschutzgebiet am Meer laufen sie frei herum. Einen wilden Strand mit Pinienwäldern gibt es auch. Nur wenige Menschen baden dort, weil die Leute abgezählt werden. An einer Schranke steht nämlich ein Aufpasser. Ist der Parkplatz voll, muss man warten. Erst wenn ein Auto wegfährt, darf der Nächste in das Naturschutzgebiet hinein. Frau Larens hat letztes Jahr vierzig Minuten vor der Schranke gewartet. Das war ihr egal, behauptet sie. Vierzig Minuten bei vierzig Grad Hitze. Egal? Ich wäre gestorben. Oder verdurstet!«

»Apropos Hitze und Verdursten! Vergiss nicht, dir was zu trinken mitzunehmen!«, sagt Ria und geht zurück in die Küche.

Um kurz vor drei packt Karl seinen Rucksack mit Wasserflasche und Torwarthandschuhen.

»Mama! Kann ich mein Taschengeld haben?«, schreit er in Richtung Küche.

»Wie viel war das noch mal?«, fragt sie und kramt in verschiedenen Einkaufstaschen nach ihrem Portemonnaie.

»Zehn Euro!«, ruft Karl und kichert leise.

»Quatsch! Sag mal im Ernst!«

»Zwei, Mama, zwei Euro! Seit zwei Jahren zwei Euro!« Er kann's nicht fassen, dass seine Mutter sich das nicht merken will.

»Zwei klingt okay! Was machst du mit dem Geld?«, fragt Ria zurück.

»Weiß ich noch nicht. Vielleicht kauf ich Fußballbilder! Oder Lakritz. Oder ein kleines Eis für Lukas und mich.«

»Hm! Sehr aufschlussreich! So genau wollte ich es nicht wissen!«

»Ich weiß es eben jetzt noch nicht.« Karl zieht die Stutzen hoch.

Endlich hat Ria ihr Geld in einer ihrer Manteltaschen gefunden und drückt dem Sohn zwei Euro in die Hand.

»Verlier's bitte nicht!«

»Ja, Mama!«, antwortet Karl etwas genervt. Eigentlich kann man in seinem Alter auf diese mütterlichen Tipps verzichten.

Und schon fällt hinter ihm die Tür ins Schloss! Karl schwingt sich aufs Treppengeländer und rutscht bäuchlings hinunter. Das macht er immer!

Und kaum im Erdgeschoss gelandet, stößt er die schwere Glastür auf und springt auf den Bürgersteig.

(Mit einem Satz. Ohne Worte!) Das macht er auch immer!

Der helle, spitze Schrei, der wie ein gnadenlo-

ser Wecker neben seinem linken Ohr schrillt, der ist neu und lässt ihn heftig zusammenzucken. Eine Kleine im roten Anorak rast mit ihrem Fahrrad direkt auf ihn zu. Karl kann seinen Sprung nicht mehr stoppen. Panisch reißt das Mädchen den Lenker nach rechts und steuert genau auf die Eisenstange mit dem Blechmülleimer zu.

Die kleinen Hände drücken krampfhaft die

silbernen Bremshebel. Das Rad schlingert und Mädchen und Fahrrad stürzen zu Boden. Karl steht wie versteinert vor der Haustür. Dann legt sich langsam der erste Schreck und er läuft zu der Kleinen.

»Hast du dir wehgetan?«, fragt er besorgt und hebt ihr Rädchen hoch.

Er reicht ihr die Hand, damit sie sich hochziehen kann. Aber die Kleine verzieht das Gesicht und schüttelt mit trotzig aufgeworfener Unterlippe den Kopf.

»Das war deine Schuld. Du bist einfach aus dem Haus gesprungen.«

»Ich weiß!«, antwortet Karl. »Das tut mir Leid. Aber du fährst auch nicht gerade langsam an Haustüren vorbei.«

»Aber ich darf auf dem Bürgersteig fahren, hat meine Mutter gesagt. So lange bis ich zehn bin.«

»Aber doch nicht mit so einem Tempo! Hast du dir jetzt wehgetan oder nicht?«

»Nein! Hab ich nicht!« Das Mädchen sortiert die verdrehten Beine, steht umständlich auf und klopft sich den Staub von der Hose, während Karl immer noch den Fahrradlenker festhält.

»Was machst du mit dem kleinen Mädchen,

Karl?«, schallt plötzlich eine Stimme von der anderen Straßenseite.

Karl schaut hoch. Auf dem gegenüberliegenden Bürgersteig stehen Charlotte und ihre Freundin Natascha. Charlotte in ihrem maisgelben T-Shirt lächelt ihn an, Natascha grinst hämisch.

»Nichts mach ich!«, antwortet er. Gleichzeitig spürt er, wie eine saharaheiße Hitzewelle aus dem Kragen des Fußballtrikots hoch in die Ohren steigt und sein Gesicht sich dunkelrot färbt: »Ich kenn die gar nicht!«

»Ach ja«, frötzelt Natascha weiter, »das sagst du jetzt nur. Sicher deine neue Freundin!« Und hinterlistig lachend schaut sie zu Charlotte.

»Lass mich in Ruhe, Natascha! Du bist doof!« Heftig drückt er dem Mädchen den Fahrradlenker in die Hand, wirft seinen Rucksack über die Schulter, lächelt Charlotte angestrengt an und geht die Straße hinunter, ohne Natascha eines Blickes zu würdigen. Immer muss diese Ziege ihn ärgern. Immer wenn Charlotte dabei ist. In letzter Zeit passiert das häufiger. Und Charlotte? Meistens guckt sie schnell weg, wenn Karl sie anschaut.

Aufgewühlt überquert Karl die Straße Richtung Park. Auf dem Mittelstreifen der Allee kickt er alle Steine, die er im Vorbeihasten erwischen kann, in die Büsche. An jedem Baum säuberlich platzierte Hundehaufen. Wenn die Sonne darauf scheint, stinkt das erbärmlich. Karl tritt mit Wucht einen dicken Stein in einen fetten, frischen, hellbraunen Haufen, der in alle Richtungen auseinander spritzt. Treffer! Einfach ekelhaft!

Was ist eigentlich los mit ihm? Seine gute Laune ist verflogen. Natascha, na und, so schlimm war die Bemerkung auch nicht. Nein! Es ist etwas anderes. Es hat irgendwie mit Charlotte zu tun. Er würde sie gern mal allein treffen. Ganz allein! Ohne Freundinnen! Ohne blödes Natascha-Grinsen! Vielleicht könnte er mit ihr ein Eis essen oder Schwimmen gehen. Sie einladen! Dafür braucht er Geld! Taschengeld vielleicht! Dann sollte er langsam mit dem Sparen anfangen. Sein Geld verschwindet komischerweise immer, als hätten alle Hosentaschen Löcher. Aber erst mal muss er sich überhaupt trauen, Charlotte anzusprechen!

Am Parkeingang wartet schon Lukas, den Fußball balanciert er auf der Spitze seines rechten Schuhs. Seine schulterlangen blonden Locken flattern im Wind. Von weitem sieht er aus wie ein Mädchen in Fußballschuhen, denkt Karl und sofort kommt ihm Natascha in den Sinn. Sie hätte sicher wieder einen dämlichen Spruch auf Lager gehabt.

»Hi, Luki!«, ruft Karl und rennt über die wenig befahrene Straße.

»Hallo!«, antwortet Lukas.

»He, Mann, neue Fußballschuhe?«

»Ja! Endlich hab ich mein Geburtstagsgeschenk. Wir waren gestern in der Stadt. Findest du sie cool?« Stolz stellt er beide Füße ordentlich nebeneinander.

»Super! Hätte ich mir auch gekauft.« Karl grinst breit. »Jetzt machen wir das Hammerspiel. Keiner hat 'ne Chance gegen uns.« Er titscht den Ball zweimal auf und Lukas läuft sofort los.

Kickend, den Ball hochhaltend, sich gegenseitig überholend, schießen sie hin und her, bis sie an der großen Wiese ankommen, wo vier Jungs schon auf dem Rasen sitzen.

»Na endlich! Da seid ihr ja!« Glücklich über

zwei weitere Mitspieler springt Alexander auf, um direkt die Mannschaften einzuteilen. »Max, Kevin und ich wollen heute zusammen spielen. Kann Sedat zu euch?«

»Klar! Komm rüber, Sedat! Wer geht zuerst ins Tor?«, fragt Karl.

»Ich!« Sofort meldet sich Lukas. »Ich muss meine Schuhe langsam trainieren.«

»He! Klasse Teile!«

»Leder? Lass mal fühlen!«

»Mit Luftpolster! Hui! Spitze!« Alle reden durcheinander und begeistern sich einhellig für die neuen Fußballschuhe. Lukas fühlt sich richtig profimäßig.

Das Spiel beginnt. Karl und Sedat stürmen gegen die anderen. In einem rasanten Tempo liefern sich die Jungs ein schnelles, faires Spiel. Kleine Pause und schon geht's weiter. Zwei Stunden lang! Dann herrscht Gleichstand. 7 : 7! Die sechs wollen einen Sieger.

»Elfmeterschießen!«, rufen die drei Ersten.

»Elfmeterschießen mit fünf Schüssen!«, fordern auch die anderen.

Karl steht zuletzt im Tor. Beim entscheidenden Schuss wirft er sich in die falsche Ecke. Die gegnerische Mannschaft gewinnt.

Schließlich sitzen alle verschwitzt und abgekämpft, aber gut gelaunt unter der alten Kastanie.

»He, Kevin, Supervorlage mit der Hacke. Echt groß!«, strahlt Max. »Lernt man so was im Verein?«

Kevin strahlt ebenfalls: »Klar lernen wir Techniken«, antwortet er stolz, »aber vor allem, dass wir abgeben müssen und keine Alleingänge machen. Egal, wie gut wir spielen. Das mit der Hacke hab ich allerdings geübt. Immer und immer wieder!«

»Üben bringt's total!«, mischt sich Karl ein.

»Bei dir hab ich das Gefühl, du hattest bei deiner Geburt schon Fußballschuhe an den Füßen.« Alexander lacht. »Du spielst gut. Das ist Spitze, aus der Verteidigung parallel mitlaufen und vor dem Tor den Ball mit dem Außenrist knapp am Innenpfosten vorbei reinschieben, wirklich gut.«

Alle applaudieren. Karl ist das peinlich: Ob er wirklich so gut ist, wie sie sagen? Schließlich wünscht er sich nichts sehnlicher, als ein Weltklassefußballer zu werden.

Schon fast sechs Uhr.

»Ich muss nach Hause. Kommst du mit, Lukas?«, fragt Karl.

Lukas steht beschwerlich auf: »Klar!« Humpelnd, mit Blasen an den Füßen und drei Pfund Dreck zwischen den Stollen der Fußballschuhe schleppen sich die Jungs zum Parkausgang.

Karl will unbedingt mit einem Schlenker am Kiosk vorbei. Schließlich hat er noch sein Taschengeld. Fußballbilder wären nicht schlecht!

Eine lange Kinderschlange steht für Eis und süße Tüten an.

»Vier Fußballpäckchen, bitte!«, sagt Karl, als sie endlich an der Reihe sind, und sucht in seiner Hosentasche nach dem Zwei-Euro-Stück.

Der Kioskbesitzer reicht ihm ein Kästchen über die Theke und Karl zieht vier Tütchen.

»Zweivierzig!«, brummelt der Kioskbesitzer, der im Sommer manchmal unfreundlich ist wegen all der Kinder, die scharenweise seinen Kiosk stürmen, um für 50 Cent gemischte Tüten zu kaufen.

Karl schaut erstaunt durch das kleine Glasfenster: »Zwei Euro vierzig? So teuer?«

»Ja! Sind teurer geworden. 60 Cent! Wie viel willste jetzt?« Der Mann im Büdchen redet nicht gern.

»Dann nehm ich nur zwei. Und für das restliche Geld Weingummi, bitte!«, antwortet Karl besonders höflich. Er legt zwei Päckchen zurück und nimmt die Tüte mit den Weingummi-Delfinen und sauren Stangen entgegen.

»Hier! Für dich! Wenn du Doppelte hast, tauschen wir. Okay?«, sagt Karl und gibt Lukas ein Päckchen.

»Danke!« Der Freund ist erstaunt. »Nächstes Mal kauf ich welche. Meine Mutter schuldet mir noch 5 Euro!«

Die beiden gehen bis zum stinkenden Mittelstreifen der Allee, blättern dabei ihre Fußballbilder durch, tauschen, futtern den Weingummi und verabschieden sich.

Karl muss sich jetzt echt beeilen. Ria kann unglaublich wütend werden, wenn er nicht pünktlich ist. Trotzdem kickt er weiterhin jeden Stein in die verschieden großen, kackbraunen Hundehaufengebilde. Aber kein Schuss trifft so gut wie der auf dem Hinweg.

Den sauren Weingummigeschmack auf der Zunge, die neuen Fußballbilder in der Hand bleibt Karl plötzlich erschrocken stehen: Mist! Das ganze Taschengeld ist weg! Na super!

Wie soll er Charlotte jemals zu einem Eis einladen?

2. PECH! PECH! PECH!

Große Pause! Auf dem Schulhof im Zugweg ist die Hölle los. Alle Schüler der Grundschule rennen oder springen zwischen Schulgebäude und Toilettenhäuschen hin und her. Das bedeutet immerhin zweihundert weniger zarte Stimmchen. Auf jedem Quadratzentimeter wird gespielt, gelacht, geschubst, geweint oder geflüstert. An jeder Ecke verfolgen zwei Kinder ein anderes.

Auch Karl läuft hakenschlagend über den Schulhof. Vier Mädchen sind ihm dicht auf den Fersen.

»Er läuft zum Papiercontainer, Jasmin! Schneid ihm den Weg ab!«, schreit Marla aufgeregt über den Schulhof.

»Ich versuch's ja. Der ist zu schnell.« Jasmins Pferdeschwanz wippt beim Laufen wild auf und ab. »Ich krieg ihn nicht!«

»Los, Ruth, ihr links und wir rechts. Versperrt ihm den Durchgang. Ich fang ihn vor der Klotür ab.« Marla hat hochrote Wangen.

Karl winkt feixend mit ihrem orangefarbenen Kopftuch. Die Mädchen ärgern sich, dass es ihnen nicht gelingt, ihn zu schnappen. Jetzt bekommt er tatkräftige Verstärkung von anderen Jungs. Allen voran sein Freund Antonio.

»Dio buono! Isch kann nisch mehr!« Keuchend verfolgt Antonio die Mädchen. Er ist nicht gerade ein schmaler Hering, was unbedingt an Antonios Mutter liegt, die kocht nämlich jeden Tag feinste Pasta oder Pizza.

»Worum geht es hier überhaupt? So ein blödes Spiel!« Antonio setzt sich schimpfend auf einen Papierkorb.

»He, Antonio, mach nicht schlapp! Halt die Mädchen auf!«, brüllt Karl über den Schulhof.

Dann schrillt gnadenlos die alte Schulglocke. Die Masse bunter Jacken und glitzernder Haarspangen bewegt sich johlend zu den Eingangstüren. Nichts passiert hier leise!

Karl windet sich im Slalom gegen den Strom. Marla ist dicht hinter ihm. Plötzlich stehen zwei kleine Mädchen aus dem ersten Schuljahr händchenhaltend vor Karl. Er muss abbremsen. Da erwischt Marla ihn an der Kapuze seiner Regenjacke. Ein langgezogener Ratsch! Karl bleibt wie angewurzelt stehen. Sofort versammeln sich alle Mädchen um Marla. Betroffen schaut sie auf die Kapuze in ihrer Hand.

Karl dreht sich um: »Spinnst du, Marla? Gib sofort die Kapuze her!« Er streckt seine Hand aus.

Marla hebt schuldbewusst den Kopf: »Karl, das tut mir Leid.«

Karl betrachtet das abgerissene Etwas in seiner Hand. Ria regt sich tierisch auf, wenn er schlampig mit seinen Sachen umgeht. Erst vor drei Wochen hat Jana ihn beim Fangen am Arm festgehalten. Natürlich ist Karl da auch nicht stehen geblieben. Plötzlich lief Jana mit dem Ärmel seines neuen Wollpullovers hinter ihm her. Alle haben sich totgelacht. Außer Ria. Sie musste den Ärmel wieder einnähen. Und nähen findet Ria mindestens so blöd wie tanken oder Fenster putzen. Karl betrachtet die Kapuze. Zum Glück ist sie nicht eingerissen.

»Vielleicht musst du sie wieder annähen.« Er lächelt Marla versöhnlich an. »Meine Mutter hasst das!«

Marla ist erleichtert, dass Karl nicht sauer ist. Mittlerweile stehen fast alle aus der 4c an der Kapuzenabrissstelle. Der reinste Menschenauflauf. Ein bisschen zu viel Aufregung, findet

Karl. Ihm ist das unangenehm. Alle starren Marla und ihn an. Da schnarrt eine Stimme aus der zweiten Reihe:

»Unser Ewigschnellster war wohl zu langsam? Hat sie dich erwischt?« Adrian drängelt mit einem spöttischen Grinsen in die erste Reihe des Kreises.

»Du hast mir gerade noch gefehlt!«, grinst Karl mit fratzenhaftem Lächeln und geschlossenem Mund zurück. Er hat einen Gesichtsausdruck wie einer, der freudig in ein Stück Schokolade beißt, die nach Senf schmeckt.

Adrian! Diese Spezialanfertigung! Schon seit dem ersten Schuljahr konkurriert der Blödmann mit ihm bei jeder Gelegenheit. Angefangen hat alles mit dem Wettrennen um den ersten Platz bei den Bundesjugendspielen. Schließlich in Rechnen, Schreiben und Kunst, also in fast allen Fächern, und fast immer sind sie die Klassenbesten. Aber oft ist Karl doch ein bisschen besser und das erträgt Adrian überhaupt nicht. Adrian ist es gewöhnt, alles zu bekommen, was er will. Der Platz ganz oben ist das tägliche Ziel. Das hat sein Vater ihm beigebracht. Von jeher heißt es: »Parole Sieger!« Adrian muss sich leider dafür richtig abrackern. Karl dagegen fallen die Dinge zu. Er strengt sich nicht sonderlich an für seinen Erfolg. Und die ständige Konkurrenz war ihm ehrlich gesagt bis vor Kurzem egal.

Aber irgendetwas hat sich verändert. Seit drei Wochen. Karl bleibt nicht mehr locker. Nicht so wie früher. Eine kleine Bemerkung von Adrian und er geht auf die Palme. Wenn es möglich ist, meidet er ihn, um nicht mit ihm reden zu müssen. Am liebsten würde er ihn auf den Mond beamen. So weit weg wie möglich. Denn Adrian steht seit drei Wochen bei jeder Gelegenheit neben Charlotte. Wie ein Verrückter hat er sich bemüht, um bei der neuen Platzverteilung an ihrem Tisch zu sitzen. Natürlich erfolgreich! Ganz der Sieger! Dann wollte er unbedingt für den Kehrdienst mit ihr eingeteilt werden. Diesmal war jedoch Marla schneller. Einer, der nie seinen Kram wegräumt beim Kehrdienst. Lächerlich! Wie schrecklich, die Vorstellung: Alle gehen nach Hause und der Heiopei kehrt mit Charlotte allein die Klasse. Wahrscheinlich hätte Adrian megaangeberisch rumgequatscht und Charlotte gearbeitet. Sie kann Marla dankbar sein.

Gestern war dann der Gipfel: Karl hat den

Superbongo bei einer seiner Ich-mach-mich-beliebt-Aktionen beobachtet. Ziemlich lässig packte er Bilder aus, die er wohl aus einer Zeitschrift oder einem Musikmagazin ausgeschnitten hatte. Bilder von Britney Spears oder Vanessa Amorosi. Karl konnte es nicht genau erkennen. Auf jeden Fall waren es Bilder von Charlottes Lieblingssängerin. Stolz und gönnerhaft legte Adrian alle Bilder auf ihren Tisch. Charlotte war natürlich begeistert. Sie sammelt Fotos und Artikel und klebt alles in ein kleines Album, das sie immer mit sich herumträgt. Klar, dass sie noch keins der Bilder hatte. Klar, dass Adrian auf seinem Stuhl zehn Zentimeter größer wurde und seine Nase noch weiter in den Himmel streckte. Die Siegernase! Bitte! Was soll's! Karls Eltern lesen eben nicht solche beknackten Zeitschriften, in denen man haufenweise Fotos von Stars findet. Aber er muss auch zugeben – ehrlicherweise –, er ist noch nie auf die Idee gekommen, Charlotte etwas zu schenken.

Die Schulklingel schellt zum zweiten Mal. Frau Larens steht am Fenster und klatscht in die

Hände. Ein sicheres Zeichen, dass sich alle beeilen sollen. Dicke Regentropfen platschen auf den Schulhof. Kreischend rasen die Mädchen zur Tür. Karl setzt seine Kapuze auf den Kopf. Die Enden des Klettverschlusses baumeln neben seinen Ohren. Antonio kann sich kaum halten vor Lachen:

»Du siehst vielleicht bescheuert aus. Wie ein Pilot, der nach einem Absturz durch die Gegend irrt und sein Flugzeug sucht.«

Karl hält beim Laufen die Kapuze mit beiden Händen fest.

»Der Pilot interessiert sich nicht für sein Flugzeug. Er ist nur froh, dass ihm beim Absturz der Kopf nicht mit abgerissen wurde.«

»Tja, du bist eben ein echter Glückspilz!«, lacht Antonio.

Die Schüler der 4c stürmen in den Klassenraum und Frau Larens beginnt ohne langes Zögern mit dem Kunstunterricht. Immer dasselbe! In jedem Fach wird gemalt. Sogar in Religion. Den Lehrern fällt echt nichts ein. Gestern sollten sie Jesus und Maria malen. Na ja, malen. Ausmalen. Vorgedruckte Blätter mit

Farbe verschönern. Und dann ausgerechnet Öko-Papier, das die Farbe aufsaugt wie ein Schwamm. Karl hatte überhaupt keine Lust auf Jesus und Maria. In letzter Zeit hat er öfter mal keine Lust, Aufgaben zu erfüllen, die er unsinnig findet:

»Ich mach die beiden mal rot und lila«, flüsterte er Antonio zu.

Antonio grinste breit: »Lass das lieber, sonst flippt Frau Fiedler aus!«

Karl zuckte nur spöttisch mit den Schultern. Sollen die anderen doch malen und soll doch Frau Fiedler ausflippen. Frau Fiedler, die Religionslehrerin, ist eine nervöse, kettenrauchende Person. Wenn sie die Hefte zum Benoten mit nach Hause nimmt, ist das der Graus überhaupt. Die stinken dann, als hätten sie zwei Tage im vollen Aschenbecher gelegen. Lehrer sind Vorbilder, echt lustig!

Karl nahm also seine dicksten Filzstifte und malte Jesus von oben bis unten feuerrot, seine Mutter auberginefarben, die Sonne rosa und den Himmel quietschorange.

Frau Fiedler lobte gerade in der ersten Reihe die Mädchen, ermahnte Hans und Kevin, weil sie trödelten, und kam schließlich zu Karls

Tisch. Als sie das schreiendbunte Bild sah, verlor sie komplett die Fassung:

»Was ist das?«, schrie sie Karl an.

»Jesus und Maria!«, antwortete Karl wie ein ahnungsloser Erstklässler.

»Das ist eine unverschämte Schmiererei! Das ist Gotteslästerung! Das hat Konsequenzen!«

»Aber Gott ist doch gar nicht drauf!«, antwortete Karl seelenruhig.

Das war zu viel für Frau Fiedler. Sie stampfte wie ein Pferd mit dem Fuß auf. Kleine Spucketropfen wirbelten durch die Luft und fielen wie feiner Sprühregen auf die Schulbank. Unwillkürlich wich Karl auf seinem Stuhl zurück. Da griff Frau Fiedler nach dem Bild und riss es wutentbrannt vor den ängstlichen und erstaunten Blicken der anderen Schüler erst in zwei, dann in vier, dann in acht Teile. Schweißperlen standen auf ihrer Stirn. Der ohnehin dünne Pony klebte seitlich an ihren Schläfen. Mit Nachdruck warf sie die Schnipsel in den Papierkorb. Im Klassenraum war es mucksmäuschenstill. Die Schüler und Schülerinnen der Klasse 4c hatten scheinbar aufgehört zu atmen. Niemand bewegte sich. Die einen starrten erschrocken auf ihr eigenes Blatt, die anderen auf den puterroten Kopf der Lehrerin, der jeden Moment zu platzen drohte. Mit hämmernden Schritten ging die Lehrerin zum Pult und griff zitternd nach ihrer Tasche.

»Weitermachen, bis es klingelt!«, kreischte sie. Dann stürzte sie aus dem Klassenzimmer. Die Vorstellung war beendet.

Antonio machte als Erster seinen vor Staunen aufgeklappten Mund zu und sagte:

»Mensch, Karl, coole Nummer! So ausgerastet ist die Fiedler noch nie!«

»Ich glaube, dass mein Vater jetzt ausrastet, wenn ich dem erzähl, was die gemacht hat. Dann kann sie gleich 'ne ganze Packung Zigaretten hintereinander rauchen.«

Karl hätte gewettet, dass Frau Fiedler nach der Aufregung schon mindestens eine halbe Packung verqualmt hat. Gut, dass es im Lehrerzimmer keinen Rauchmelder gibt. Sonst wäre die Feuerwehr im Dauereinsatz Richtung Grundschule Zugweg.

Frau Larens hat sich immerhin für Kunst etwas Besonderes ausgedacht. Jeder soll seine Traumschule zeichnen. Karl mangelt es nicht an Ideen, was man alles verbessern könnte. Er malt ein Haus mit vielen Etagen: In der obersten befindet sich ein Fußballplatz mit Kunstrasen, darunter eine Halle mit Tischtennisplatten und Kickerspielen, dann folgt eine Etage mit Matratzen und Kissen, voller weicher Bälle, mit denen man wunderbare Schlachten schlagen kann. Und: der Knüller! Ein riesiges Schwimmbecken mit Dreimeterbrett, unzähligen Schwimmtieren, Schwimminseln, Wasserbällen, aufblasbaren Wasserschlangen und Krokodilen. Plastikkrokodile, versteht sich. Von ganz oben, aus dem vierten Stockwerk führt eine verglaste Riesenrutsche um das komplette Haus herum bis zum Wasserbecken. Das macht Spaß und heute zeichnet Karl hochkonzentriert. Er schaut nicht einmal von seinem Blatt auf. Völlig vertieft, erfindet er immer neue Kleinigkeiten für seine Wunschschule. Eine Schule, in der Kinder die Pausen genießen und nicht immer auf einem kleinen Schulhof dieses bescheuerte Nachlaufen spielen müssen.

Ach ja! Pause! Es hat längst geklingelt. Ein paar Schüler sitzen auf den Tischen und erzählen sich laut lachend Szenen aus einer Fernsehsendung mit Mister Bean. Andere rennen nach vorn, um Frau Larens aufgeregt ihre fertigen Bilder zu zeigen. Karl beugt sich ein letztes Mal über sein Blatt, als er einen Zwiebelgeruch in der Nase hat. Auf Zwiebel reagiert er extrem allergisch, sofort spürt er ein fürchterliches Kribbeln. Schnell dreht er sich von seinem Kunstwerk weg und niest zweimal heftig. Als er die Augen wieder öffnet, blickt er auf ein paar blitzblanke Schuhe.

»Du altes Ferkel! Spinnst du? Jetzt habe ich deine Rotze auf meinen neuen Schuhen!« Adrian boxt ihm empört gegen die Schulter.

Karl schaut Adrian mitleidig an: »Reg dich ab! Ich seh weder Rotze auf deinen Schuhen noch irgendein Staubkörnchen. Was stehst du überhaupt so dämlich hinter mir?«

»Ich steh so lange hinter dir, wie ich will.« Dann zeigt Adrian mit gespielter Empörung auf seinen rechten Schuh: »Hier! Guck mal genau dahin! Siehst du die Spritzer? Die sind aus deinem Riechkolben, du Schwein! Mach das sofort weg!«

Jetzt reicht es Karl. Er springt vom Stuhl hoch: »Du hast ja wohl 'ne Meise. Ich wisch doch nicht deine beknackten Schuhe. Mach endlich die Biege.«

Die beiden Jungen stehen sich mit funkelnden Augen gegenüber. Da klatscht Frau Larens in die Hände:

»Kinder! Ruhe, bitte! Hört mir kurz zu! Schreibt bitte eure Namen auf die Rückseiten der Bilder und legt sie dann ins Kunstfach. Adrian, Karl, das gilt für euch genauso! Wer nicht fertig ist, kann nächste Stunde weitermachen. Okay? Tschüss. Bis morgen!«

Eilig laufen alle mit ihren Kunstwerken zum Schrank. Ein unbeschreibliches Chaos bricht aus. Einige spielen Nachlaufen, Mäppchen fliegen durch die Luft, Marla legt ihre neue Hip-Hop-Kassette in den Rekorder und dreht auf volle Lautstärke. Karl steht auf und trägt vorsichtig seine Wunschschule auf beiden Händen zum Schrank. Plötzlich fliegt der nasse Tafelschwamm über die ersten Tische hinweg, verspritzt nach allen Seiten sein dunkelbraunes Schlammwasser und klatscht wenige Millimeter neben Karl auf den Fußboden. Im letzten Moment kann er sich mit seinem Bild zur Seite drehen. Er schaut nach hinten über die Schulter. Vor der Tafel steht Adrian und wischt sich die nassen Hände an der Jeans ab. Das ist eine klare Kampfansage! Karl legt sein Bild ins Fach und nimmt den tropfenden Tafelschwamm vom Boden. Langsam geht er zum Waschbecken. Adrian verdrückt sich im gleichen Tempo vom vorderen ans hintere Ende der Klasse. Genüsslich wässert Karl den durch und durch dreckigen alten Schwamm. Ganz langsam dreht er den Hahn zu. Dunkelbraungrüne Tropfen prasseln ins weiße Waschbecken. In aller Seelenruhe wartet Karl einen Moment, bevor er sich umdreht. Er entdeckt Adrian in der hintersten Ecke des Klassenraums. Mit ruhigen Schritten und starrem Blick geht er zwischen den Vierertischen hindurch, geradewegs auf ihn zu. Adrian tänzelt verunsichert von einem Fuß auf den anderen. Er weiß nicht, in welche Richtung er laufen soll. Er kapiert nicht, was Karl vorhat. Mit einem rasanten Sprung steht Karl plötzlich auf dem letzten Tisch. Adrian erfasst blitzschnell die Situation und läuft Richtung Tafel. Eine wilde Verfolgungsjagd beginnt: um Tische herum, über Stühle, vorbei an kreischenden Mädchen und johlenden Jungen. Adrian gelingt es immer, sich hinter jemandem zu verstecken. Jetzt hat er die Tür vom Klassenzimmer erreicht. Allein. Niemand weit und breit. Das ist Karls Chance: Er holt aus – und wirft. Ruckelnd und schwer fliegt der voll gesogene Schwamm quer durch den Raum, verteilt die ersten Kleckse auf Hefte und Bücher. Gleich hat er sein Ziel erreicht. Adrians Gesicht.

Theoretisch war alles gut berechnet: Richtung, Wurfgeschwindigkeit, Höhe. Theoretisch eben. Denn: In der Sekunde des Aufpralls duckt sich Adrian. Und in derselben Sekunde wird die Klassentür von außen aufgerissen. Karl hält die Luft an. Mit einem satten Klatsch prallt der nasse Schwamm auf ein maisgelbes T-Shirt. Rotbraune Wassersuppe sickert von Charlottes Hals hinunter zu ihrem Bauch. Unzählige dunkle Wasserspritzer gesellen sich jetzt auf ihrer Nase zu den unzählbaren Sommersprossen. Charlotte öffnet ihren Mund wie ein Fisch, der auf dem Trockenen liegt. Überrascht guckt sie an sich herunter. Adrians Gesicht taucht breit grinsend über der Tischkante auf. Absolute Stille herrscht im Klassenzimmer. Charlotte hebt den Kopf und sieht 25 erwartungsvolle Gesichter.

»Wer war das?«, platzt es aus ihr heraus.

25 Köpfe drehen sich zu Karl, der betroffen auf der anderen Seite der Tische steht.

Wo ist die Falltür? Er möchte im Boden versinken. Karl holt tief Luft, aber bevor er auch nur eine Silbe sagen kann, einen einzigen Atemzug aushauchen kann, schnellt ein Arm mit ausgestrecktem Zeigefinger nach vorn, an dessen Ende sich ein abgekauter Fingernagel befindet.

»KARL!!«, tönt es mit fiepsender, sich fast überschlagender Stimme durch den Raum und Adrians bösartige Genugtuung liegt in diesem einen Wort.

Von einem Moment zum anderen wechselt Karls Gesichtsfarbe von weiß zu rot. Schreck und Scham weichen augenblicklich einer unermesslichen Wut: »Halt die Klappe, Adrian! Das geht dich überhaupt nichts an!« Dann sagt er zu Charlotte: »Ich wollte dich nicht treffen. Entschuldige!«

»Meinst du etwa, das reicht, wenn du ›Entschuldige!‹ sagst?« Charlotte ist aufgebracht. »Guck dir das mal an. Ich bin klatschnass. Was soll ich denn jetzt machen?«

Karl steht auf der anderen Seite des Tisches und wischt verlegen die braunen Wasserspritzer von Antonios Lesebuch.

»Ich kann doch nicht mit einem triefenden T-Shirt hier rumsitzen! Oder hast du vielleicht zufällig deinen Reiseföhn dabei?«

Immer noch sprachlos wünscht Karl sich vor Peinlichkeit ans andere Ende der Welt. Jetzt muss ihm echt was einfallen. An seiner Stuhllehne hängt der Turnbeutel, den hatte er in der Schule vergessen.

»Du kannst mein Sporthemd anziehen!« Erleichterung schwingt in seiner Stimme.

»Das wird ja immer besser!« Charlotte rümpft die Nase.

»Ich hatte es gestern nicht an. Ehrlich! Es ist frisch gewaschen!«

»Lass mal riechen!«, sagt Charlotte, nimmt das T-Shirt und hält es unter ihre Nase. »Scheint zu stimmen. Riecht nach Weichspüler. Ich hab ja sowieso keine andere Wahl.«

Sie geht zur Tür, um sich auf der Toilette umzuziehen, da steht Frau Larens vor ihr.

»Was ist denn hier los? Charlotte, wo willst du hin? Die Pause ist zu Ende!«

Diesmal ist Karl schneller als Adrian und erzählt, was passiert ist.

Frau Larens schüttelt den Kopf: »Ich hoffe, solche Aktionen bleiben eine Ausnahme! Mach den Schwamm bitte sauber, Karl, und wisch die Tische trocken. Du hast ja sicher nichts dagegen, wenn ich mit dem Unterricht beginne.«

Karl schweigt. Normalerweise ist Rechnen sein Lieblingsfach. Heute meldet er sich kein einziges Mal. Er sitzt neben Antonio, still und ernst. Hin und wieder schaut er zu Charlotte. Das steht ihr gut, sein schwarzes Sporthemd, ihm wird warm im Bauch. Aber Charlotte tut so, als wäre er Luft.

Antonio schubst Karl mit dem Ellbogen. Er schreckt auf. Von ganz weit hört er seinen Namen.

»Kaaaaarrllll!!«

Frau Larens ruft ihn wohl schon zum dritten Mal.

»Äh! Was?«, stottert er.

Die ganze Klasse lacht. Er hat nichts mitgekriegt. Überhaupt weiß er gar nicht, worum es geht. Teilen oder Malnehmen, keine Ahnung. Auf die Frage der Lehrerin weiß er keine Antwort. Charlotte ist sauer auf ihn, das ist das Einzige, was ihn beschäftigt. Und das ist richtig blöde. Er starrt gedankenverloren in sein Rechenheft. So geht es nicht weiter, er braucht einen Plan. Adrian, der doofe Angeber, sammelt ohne Ende Pluspunkte bei Charlotte, während Karls Pechsträhne von Tag zu Tag breiter, länger, dicker, größer und schwärzer wird. Er weiß nicht, was mit ihm los ist. Alles erscheint ihm plötzlich tiefdunkellila!

Gestern auf dem Weg nach Hause ist er sogar bei Rot über die Ampel gelatscht. Wie von Geisterhand gezogen. Charlotte und Marla, die am Bordstein warteten, starrten ihn an wie einen Außerirdischen. Karl ging einfach weiter. Ein Autofahrer musste eine Vollbremsung machen, hupte wie verrückt vor Ärger. Es sah aus wie eine Mutprobe, war aber in Wirklichkeit die komplette Zerstreuung. Wie ein Professor, der mit verschiedenfarbigen Socken das Haus verlässt oder der unentwegt seine Brille sucht, obwohl er sie auf seine Stirn geschoben hat.

Karl jedenfalls erschreckte sich fast zu Tode und die Mädchen konnten sich kaum halten vor Lachen. Das war vielleicht peinlich. Er muss besser aufpassen, sonst wird er noch von einem Bus überfahren.

Hoffentlich ist dieser kompliziert blöde Schultag bald zu Ende. Karl guckt auf die Uhr. Noch zehn Minuten.

Gnädigerweise lässt Frau Larens ihn in Ruhe und erzählt den Rest der Stunde mal wieder von der Toskana. Heute geht's nicht ums Essen, sondern um eine etruskische Stadt.

»Sie liegt oben auf einem Berg wie eine Festung. Das letzte steile Stück muss man zu Fuß gehen. Durch ganz schmale Gassen. Aber«, so sagt Frau Larens schwärmerisch, »bei schönem

Wetter wird man oben doppelt belohnt: erstens mit einer gigantischen Aussicht auf einen riesigen See und über ein endloses Tal. Von hier oben konnten die Etrusker alles überblicken und frühzeitig ihre Waffen rüsten und die Stadttore schließen, wenn ihre Feinde sich näherten.«

Karl sieht sich mit Rüstung und Lanze bewaffnet gegen Adrian zu Felde ziehen. Aber schon dringt die Stimme der Lehrerin wieder an sein Ohr: »Und zweitens: Es gibt dort oben eine der besten Eisdielen der Welt. Eine kühlende Erfrischung nach einem schweißtreibenden Aufstieg ist eine wundervolle Belohnung. So ein Rieseneis! Bacio ist meine Lieblingssorte! Mit Nüssen und Schokolade.«

Wieder spürt Karl Antonios Ellbogen in seiner Seite.

»Bacio heißt Kuss!«, flüstert Antonio. Er grinst dabei über das pausbäckige Gesicht.

Karl errötet. Da ist wieder das warme Gefühl im Bauch. Ein Eis, das Kuss heißt. Die spinnen echt, die Italiener!

Endlich klingelt es. Die letzte Stunde ist vorbei. Gedankenverloren packt Karl sein Mäppchen und die Hefte in den Rucksack. Die lose Kapuze steckt er in die Jackentasche.

Antonio wartet geduldig auf ihn. Die beiden gehen immer gemeinsam nach Hause.

Auf der Treppe herrscht ein fürchterliches Geschubse. Adrian drängelt am meisten, denn er versucht eilig Charlotte zu erreichen, die schon durch die Tür geschoben wird. Ohne Rücksicht auf die Kleineren drückt er sich an den anderen vorbei und schon geht er neben ihr.

Auch Karl beschleunigt automatisch seine Schritte, so dass Antonio Mühe hat zu folgen. Natürlich herrscht auch auf dem Schulhof das totale Chaos. Und dann passiert das Unfassbare: Karl versteht zwar nur drei Wörter: Zeit – Taschengeld – Magnum, aber trotzdem weiß er ganz genau, wie die drei Sätze heißen, die Adrian mit schmalziger Stimme in Charlottes Ohr säuselte:

»Charlotte, hast du Zeit? Ich habe noch Taschengeld. Magst du ein Magnum?«

Karl könnte platzen vor Wut.

Was sagt sein Vater noch gleich, wenn unbedingt etwas unternommen werden muss: Zum Beispiel, wenn der Mülleimer voll ist und nach Tonne schreit oder der Wellensittich seine schmale Taille angstvoll im Spiegel betrachtet, weil er seit zwei Tagen kein Futter mehr gesehen hat?

»Mein Sohn«, sagt Volker dann, »ich glaube, es besteht Handlungsbedarf.«

Und so ist es wohl auch in diesem Fall. In zwei Tagen beginnen die Ferien. Es besteht akuter Handlungsbedarf.

3. Es gibt keine Probleme!

Endlich ist es Abend an diesem dunkellila Watte-auf-der-Zunge-Mittwoch. Karl ist supermüde. Zuerst der Stress in der Schule, dann knallhartes Judotraining und dann bestand Ria noch darauf, dass er Geige übte. – Sie hatte offensichtlich auch keinen guten Tag. – Und zwar mindestens 25 Minuten! Eine Ewigkeit! So hart ist sie sonst nie. Aber heute hielt sie allein 15 Minuten einen Vortrag über den teuren Unterricht, der, wie sie meinte, »völlig für die Katz« sei, wenn er nicht übt. Dann sprach sie von »vergeudeter Zeit«, weil sie ihn schließlich früher zweimal in der Woche zum Unterricht fahren musste. Ihre verdammt lange Rede, die über ihn hinwegbrauste wie ein Orkan, endete in einem Vortrag über Konsequenz. Karl hat, ehrlich gesagt, nur die Hälfte verstanden, aber geduldig alles über sich ergehen lassen. Jedes Widerwort hätte die Situation nur verschlimmert. Ria verhält sich bei schlechter Laune wie ein junges Wildpferd aus einem Western. Absolut ungebremst! Karl fühlte sich heute nicht wie ein Cowboy. Die einzige Möglichkeit, seine Mutter zu stoppen, ist, ihrer Anweisung unbedingt und sofort zu folgen. Basta, würde Antonio sagen. Es reicht! Also: Karl übte Geige. Zwanzig Minuten! Die fünf heimlich eingesparten Minuten hat sie nicht bemerkt! Außerdem: Ein bisschen Schummeln ist erlaubt. Zum Glück sind Rias Ausbrüche immer nur von kurzer Dauer. Dann regt sie sich ab und entschuldigt sich. Das Schönste am Streit ist ja das Wieder-Vertragen. Und gerade zelebrieren die beiden eine der besten Versöhnungszeremonien: Ria backt Karls Oberlieblingsspeise. Pfannkuchen mit Käse, Pfannkuchen mit Salami und zum Nachtisch Pfannkuchen mit Zimt und Zucker. Sechs Stück kann er an guten Tagen verdrücken. Und das scheint ein ausgesprochen guter Tag zu sein. Zumindest für Pfannkuchen! Nach dem sechsten, den Karl schon merklich langsamer in sich hineingabelt, ist der Abend für ihn gerettet. Aber Ria? Was hat sie bloß? Seine Mutter stochert lustlos auf ihrem Teller herum.

»Papa kommt morgen doch nicht nach Hause«, sagt sie plötzlich. »Der Maler, bei dem er das Bild abholen soll, hat noch Änderungen vorgenommen.«

»Was für Änderungen?«, fragt Karl.

»Die Äpfel, die er gemalt hat, erschienen dem Käufer zu rot. Er musste sie ins Grüne abmildern. Die Farbe ist noch nicht getrocknet.«

»Und wie lange dauert das?«

»Angeblich einen Tag! Trotzdem, ich hatte mich so gefreut, mit Volker ins Konzert zu gehen. Jetzt langweilt sich der Ärmste am Bodensee. Und was mach ich?«

»Welches Konzert denn?«

»Wir haben Karten für Händels Wassermusik im Schloss Brühl.«

Karl verzieht das Gesicht: »Gehst du hin? Muss ich allein bleiben?«

»Das wäre doch kein Drama! Du bist schließlich kein Baby mehr! Ich glaube, ich frage Harald, ob er Lust hat mitzukommen.«

Wendet sich nun die Abendstimmung doch wieder von gelb zu lila? Harald! Das ist so ein komischer Studienfreund von Ria. Also, Karl findet Harald komisch, Ria natürlich nicht. Harald hat ganz kurze, blond gefärbte Haare und trägt immer knallenge Hosen und Stretch-T-Shirts, so dass man jeden Muskel sehen kann. Und er hat einige davon. Außerdem ruft der Typ ständig an und will mit Ria arbeiten oder dringend wichtige Unterlagen von ihr kopieren. Echt nervend. Karl findet das, im Gegensatz zu seiner Mutter, nicht normal.

»Och nö! Das tote Wildschwein liegt ja auch im Kühlschrank! Ich hab doch schon alles fürs Abendessen eingekauft«, fällt Ria enttäuscht ein. »Wir können ja Harald zum Essen einladen.«

»Nein!«, antwortet Karl entschieden zu laut und guckt entsetzt von seiner Zeitung hoch.

»Wieso nein? Was ist daran schlimm?« Ria betrachtet irritiert ihren Sohn.

»Nichts ist schlimm! Ich möchte das Wildschwein mit Papa essen.«

»Okay! Wird gemacht! Aber ins Konzert kann ich schon mit Harald fahren, oder?«

Karl schaut Ria ernst und tief in die Augen: »Wenn's sein muss!«

Die gute Pfannkuchen-Versöhn-Laune ist gewaltig getrübt. Schließlich musste Karl sich den ganzen lieben langen Tag mit Adrian beschäftigen. Er möchte jetzt nicht noch Harald durch seinen Kopf geistern lassen. Er schlägt die Sportzeitung zu und geht in sein Zimmer.

Karls Lieblingsplatz zum Nachdenken ist seine muckelige Matratzenecke, ein Lager mit bunten Kissen und alten Stofftieren. Die Wand darüber hängt voll mit Postern von Fußballern, mit den weltbesten natürlich, mit Postern von seiner Lieblingsmannschaft und mit Bundesliga-Tabellen. Auf dem Schreibtisch steht eine kleine Musikanlage, rundherum stapeln sich ziemlich viele Blättchen und Figuren. Überall verstreut liegen Sammelbilder.

»Morgen räume ich auf!«, spricht Karl zu sich selbst. »Heute habe ich noch was Wichtiges zu erledigen.«

Karl setzt sich im Schneidersitz auf seine Matratze. Er schließt die Augen. Die Hände liegen geöffnet auf den Knien, Daumen und Mittelfinger bilden einen Kreis.

»Ich meditiere. Ich muss mich konzentrieren. Es gibt keine Probleme, und wenn, dann löse ich sie.«

Aufrecht, mit geschlossenen Augen verharrt Karl in seiner Yoga-Haltung. Gedanken kommen und gehen. Wo ist die Lösung für das Problem?

Er ist eigentlich der einzige Junge in der Klasse, der Mädchen nicht ultrablöd findet. Charlotte, die findet er sogar ziemlich klasse. Aber sie einfach so anrufen? Das wäre megapeinlich! Er kann sich nicht vorstellen, was sie am Telefon sagen würde. Vielleicht erzählt sie es gleich ihren Freundinnen Marla und Natascha. Karl will nicht, dass alle Mädchen über ihn lachen. Charlotte hat nämlich viele Freundinnen. Freundinnen zum Inlinen, Freundinnen beim Chor, Freundinnen im Schwimmverein. Wahrscheinlich hat sie auch noch eine Freundin, mit der sie zur Flöte geht. Charlotte! Charlotte! Es bleibt die Frage, ob sie Karl seit seiner Pechsträhne für einen Trottel hält und sich stattdessen lieber mit Adrian verabredet.

Das eigentliche und wirkliche Problem ist und bleibt Adrian. Der größte Angeber der ganzen Schule. Der doofe Heiopei.

»Superbongo!«, murmelt Karl.

Karl würde nur zu gern wissen, ob sie die Einladung zum Magnum angenommen hat. Vor Freude aus dem Häuschen sah sie nicht aus. Bestimmt hat sie eine Vanilleeis-Allergie. Hoffentlich hat sie den Angeber ausgebremst, ihm eine satte Abfuhr erteilt, das würde Karl Adrian gönnen.

Na ja, Begeisterung hat Karl mit seinem Schwammwurf bei Charlotte auch nicht ausgelöst. Immer passieren ihm saublöde Sachen, ausgerechnet wenn Charlotte sich in seiner Nähe aufhält. Noch nie in seinem Leben ist er bei Rot über die Ampel gegangen.

Normalerweise bleibt Karl bei Rot wie programmiert stehen. Er fasst es nicht, dass ihm das passieren konnte.

Karl öffnet die Augen. Seine Beine sind im Schneidersitz eingeschlafen und kribbeln, als säße er in einem Ameisenhaufen. Umständlich steht er auf und geht zum Schreibtisch. An der Wand hängt das Klassenfoto.

Der Doofkopp Adrian darf ihm nicht zuvorkommen. Ihm muss etwas einfallen. Dringend! Außerdem beginnen für Charlotte die Ferien früher. Und zwar schon morgen! Sie darf die letzten zwei Tage schwänzen, weil sie mit ihren Eltern und dem kleinen Bruder zu den Großeltern fährt. Die Oma wird 70. Es gibt eine kolossale Familienfeier mit allen Verwandten, und danach Urlaub am Meer. Karl weiß das alles, weil Frau Larens nicht nur von ihrem Urlaub erzählt, sondern auch die Schüler fragt, wo sie ihre Ferien verbringen. Charlotte hat vor allem darüber gesprochen, wie sehr sie sich freut, ihre Cousins und Cousinen zu sehen, die alle in Norddeutschland wohnen und nie ins

Rheinland kommen. Ihr Onkel Hans sagt: »Oh, diese Rheinländer, die machen mich ganz fertig. Die quatschen einen immer sofort an. Willst du Gemüse kaufen, erzählen sie dir ihren Speiseplan für die ganze Woche. Ungefragt liefern sie dir Rezepte einschließlich aller Gewürze. Für den Einkauf von einem Pfund Tomaten muss man mindestens zwanzig Minuten im Laden verbringen.« Charlottes Onkel übertreibt ein bisschen. Aber ein bisschen stimmt das auch.

Zaghaft klopft es an der Tür. Karl schreckt aus seinen Gedanken.

»Du sitzt noch rum?«, fragt Ria.

»Ich gehe jetzt ins Bett.«

»Ich bitte darum! Es ist schon halb zehn.« Ria drückt dem Sohn einen Kuss auf die Stirn und schließt die Tür.

Karl knipst die Lampe aus und klettert ins Hochbett. Aber er kann nicht einschlafen. Unruhig wälzt er sich hin und her. Dann setzt er sich wieder im Schneidersitz in sein Bett. Plötzlich schlägt er mit einem Ruck die Augen auf: Jetzt weiß Karl, was er tun muss. Er strahlt: »Sag ich doch, es funktioniert. Yoga ist gar nicht so übel! Ich hab's!«

Eine spektakuläre Aktion wird das! Also, für Karl ist das jedenfalls spektakulär. Der eine oder andere schmeißt sich wahrscheinlich in die Ecke vor Lachen. Karl aber laufen bei dem Gedanken heiße und kalte Schauer über den Rücken: Er wird Charlotte einen Brief schreiben. Damit nicht genug: Er, Karl, der gern zur Schule geht, der nie fehlt, wird am nächsten Tag die Schule schwänzen. Er wird einfach blaumachen – das erste Mal in seinem Leben, um Charlotte den Brief zum Bahnhof zu bringen. Hört sich an wie Babykram! Aber: Karl hat keine Ahnung, was er schreiben soll, keine Ahnung, wo der Bahnhof ist, denn er war noch nie allein in der Stadt, und er hat erst recht keine Ahnung, wie er die Superaktion geheim halten soll.

Aufgeregt springt er aus dem Bett, öffnet leise die oberste Schreibtischschublade und nimmt ein gelbes Blatt heraus. Hoffentlich hört Ria nichts. Gelb, die Farbe seines Fußballvereins, maisgelb seine Glücksfarbe.

Er stützt den Kopf in die Hände. Gedankenverloren popelt er in der Nase. Sein Mut schwindet. Sein Kopf fühlt sich an wie ein heliumgefüllter Luftballon. Kein Wort will ihm einfallen. Kein Satz will auf das verfluchte Papier:

»Was soll ich Charlotte schreiben?«, murmelt er.

Karl streicht sich durch die Haare. Das dritte zerknüllte Blatt segelt auf den Fußboden. Angestrengt kaut er auf dem Stift herum. Sein Blick fällt auf das Klassenfoto! Charlotte mit Stupsnase und unendlich vielen Sommersprossen lacht in die Kamera.

Es ist eine sommerwarme Nacht. Karl zieht sein T-Shirt aus. Er stöhnt.

»O Mann! Ist das schwer. Nun mach schon, Karl! Leg los!«

Und plötzlich – wie von Geisterhand – fliegt der Stift über das gelbe Papier und schwarze Buchstaben tanzen vor Karls Nase und verbinden sich zu Sätzen. Und dann liegt vor ihm ein Brief an Charlotte

Er hat es geschafft. Er hat einen Brief geschrieben. Er lädt sie ins Kino ein.

Karl schaut auf das Blatt. Dann malt er mit einem Rotstift verschieden große Herzchen auf das Papier. Fertig! Er schiebt den Brief gefaltet in einen Umschlag, klebt ihn zu, schreibt ›für Charlotte‹ darauf.

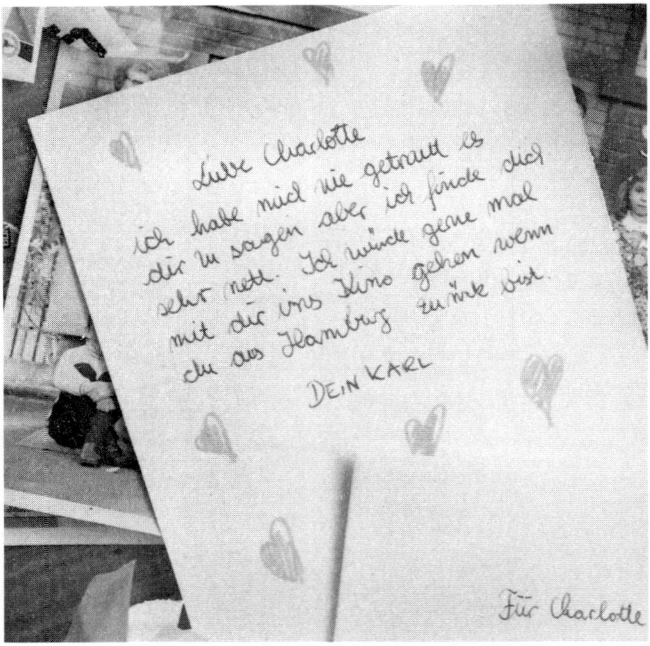

Den Umschlag steckt er in seinen Rucksack. Es ist Viertel nach zehn. Er löscht das Licht und klettert ins Bett.

Gespenstische Dunkelheit liegt auf den Möbeln. Er muss schnell schlafen, damit er morgen fit ist für seine Superaktion.

Die Bettdecke bis zum Kinn gezogen, flüstert und bittet er leise:

»Lieber Gott, Buddha, Allah, lass es morgen

regnen. Schöner klatschender Regen! Dann ist mein letztes Problem auch gelöst. Gute Nacht!«

Sofort fallen ihm die Augen zu und er schläft von einer Sekunde auf die nächste tief und fest.

4. Sandalenwetter

Lichtstrahlen fallen durch den schmalen Vorhangspalt auf Musikkassetten und Comic-Heftchen. Der Wecker neben Karls Ohr fängt erbarmungslos an zu rappeln: sieben Uhr.

Karl stöhnt, legt den Kopf auf die andere Seite, die Augen hält er geschlossen.

»Ich kann nicht! Ich bin doch gerade erst eingeschlafen«, murmelt er.

Suchend tastet seine Hand zum Kopfende und greift den Wecker. Verschlafen hebt er den Kopf, blinzelt und sinkt matt zurück aufs Kissen: »Noch zwei Minuten, lieber Wecker.«

Fünf Minuten später: Die Tür der Nachbarwohnung fällt ins Schloss. Jemand poltert durchs Treppenhaus. Karl schlägt wie vom Blitz getroffen die Bettdecke zurück, steigt die Leiter vom Hochbett hinunter und beginnt genauso blitzartig sich anzuziehen. Dann hält er inne: Mit den Socken in der Hand schaut er auf die Lego-Polizeistation. Er horcht nach draußen: Die Müllabfuhr hält gerade vor der Haustür. Eine Tonne wird auf die Straße geschoben.

Zwei Männer unterhalten sich lautstark gegen den Lärm der zermalmenden Motoren über den Boxkampf der letzten Nacht. Ein Fahrradfahrer mit klapperndem Schutzblech radelt vorbei. Ein Baby weint. All das hört Karl. Aber etwas anderes hört er leider nicht: das oft gehasste und heute schmerzlich ersehnte, leise platschende, das Fenster herabrieselnde, prasselnde Niederfallen eines wunderbar nassen Juniregens.

Regen im Sommer! Das ist doch wie Fernsehverbot und Hausarrest – denken die einen. Eigentlich eine Strafe, denken die anderen.

Das stimmt! Die größere Strafe ist jedoch eine Mutter, die meint, im Sommer müsse man den Zehen mal was von der Welt zeigen. Es reicht nicht, dass man große Teile des Körpers mit fünf Zentimeter dicker Cremeschicht und Sonnenschutzfaktor 32 der Sonne aussetzt, um sie mit Vitamin D zu versorgen. Nein! »Diese zehn kleinen länglichen Körperteile freuen sich besonders über Frischluft, Sonnenzufuhr und visuelle Ablenkung«, behauptet Ria. Karls Mutter hat zu allen Dingen, die sie durchsetzen möchte, ihre eigenen, sehr speziellen Ideen entwickelt. »Zehen verschrumpeln und werden hässlich, wenn sie nie die Sonne sehen!« So lauten jedes Jahr aufs Neue ihre Worte, um Karl zu überzeugen, die Turnschuhe in die Ecke zu stellen und Sandalen zu tragen. Harte Gespräche! Grausame Szenen! Früher sogar mit Tränen. Bei beiden. Schließlich greift Ria immer zum letzten Strohhalm, in dem sie Frau Altmann als bestes Beispiel anführt, wie man aussieht, wenn man Licht und Sonne vermeidet. Frau Altmann, eine ältere Dame, wohnt im Hinterhaus. Ihre Fenster sind mit Efeu bewachsen. Sie verlässt ihr Efeuhaus nur, um Milch zu kaufen. Und das ist äußerst selten. Meistens schickt sie ihre Enkelin. Das kennen wir ja schon! Milchig ist auch Frau Altmanns Äußeres: Porzellanweiß schimmert die Gesichtshaut, eierschalenfarben lugen die fleischigen Arme aus der Kittelschürze, gelb verfärbt ragen die langen krummen Zehennägel aus den hellbeigefarbenen Gesundheitsschuhen. Insgesamt ein schrecklich farbloser Anblick. Nein, so möchte Karl nicht aussehen. Karl ist nämlich eitel. Deshalb lehnt er ja schließlich die Sandalen strikt ab. Er findet seine Füße blöd. Er schämt sich für seine Zehen. Ria versucht es trotzdem jedes Jahr. Unermüdlich!

Und nervend! Meist erfolglos! Ein immer wiederkehrender Satz seiner Mutter verfolgt ihn wie ein böser Geist: »Schau mal, Karl, heute ist aber traumhaftes Sandalenwetter!«

Sandalenwetter!

Karl ist schlagartig hellwach, geht zum Fenster und schiebt zögerlich die Vorhänge einen Spalt breit auseinander: »Mist!«, zischt er zwischen den Zähnen hindurch.

Er schaut zum strahlend blauen Himmel.

»Hätte ich mir ja denken können. Das wird ein schwieriger Tag.«

Hat *er* sich das tatsächlich gestern überlegt? Er? Karl? Einen Brief schreiben? Eine Kino-Einladung aussprechen? Schule schwänzen? Ja! Das ist *sein* Plan. Jetzt folgen Taten. Irgendwie fühlt er sich komisch. Vorsichtig öffnet er seine Zimmertür, damit Ria ihn nicht sieht, und flitzt auf die Toilette. Warum muss ausgerechnet heute sein Magen rumspinnen?

Nach einer halben Ewigkeit schleicht er sich wieder zurück. Den Umschlag hat er leider zugeklebt. Nun kann er seinen Brief nicht mehr überprüfen.

Welches T-Shirt soll er anziehen? Das schwarze? Das rote? Das weiße? – Das schwarze! »Man in Black«. So viel Englisch hat er schon gelernt. Und natürlich die Blue Jeans, tief auf die Hüften gezogen, damit sie lang und weit über die Turnschuhe fallen können. Wo ist der Gürtel? Gürtel muss sein! Unterhemd ist strengstens verboten! Fertig! Im Flur wirft er einen kritischen Blick in den Spiegel. O nein!

Seine Haare stehen in alle erdenkliche Richtungen. Volker hätte seine Wirbel gern für sich behalten können. Vielleicht kriegt man die Sturmfrisur mit Gel in den Griff. Keinen Stress jetzt wegen abstehender Haare. Abstehende Ohren wären schlimmer.

Erst mal frühstücken. Das gibt's nicht! Er muss schon wieder aufs Klo. Hoffentlich geht das nicht den ganzen Tag so. Nach zwei endlos langen Toilettenbesuchen, die Klobrille dampfte fast und die Klopapierrolle war immens geschrumpft, sitzt Karl am Küchentisch und blättert in einem Micky-Heftchen. Eine Tür knarzt. Schlurfende Filzpantoffel verraten, dass Ria ganz besonders verschlafen ist. Mit kleinen Schlitzaugen erscheint sie in der Küchentür, lächelt ihren Sohn an und gibt ihm einen Kuss. Karl wischt sich übertrieben die Wange. Ria neigt sich ebenfalls übertrieben zur Seite und betrachtet ihn von Kopf bis Fuß: »He, guten Morgen, mein Schatz, du bist ja schon angezogen?«, stellt sie erstaunt fest.

»Guten Morgen, Mama!«, antwortet Karl. »Ich hab vielleicht Hunger!«

»Na, da will ich mal schnell Frühstück machen! Damit mein Sohn auf dem Weg zur

Schule keinen Schwächeanfall erleidet«, witzelt Ria. »Oh, was sehe ich? Siebzehn Grad und Sonne! Schönes Wetter! Deshalb hast du so früh schon Hummeln unterm Hintern!«

Was für ein denkbar ungünstiges Thema! Ablenken! So schnell wie möglich. Ansonsten dauert es keine zwei Sekunden und seine Mutter sagt das schreckliche Wort.

»Weißt du eigentlich, dass ein Bundesligaspieler zu Manchester United gewechselt hat?«

Ria spielt die völlig Verblüffte: »Nein? Tatsächlich?«

»Dann weißt du sicher auch nicht, wie viel die Engländer für ihn bezahlt haben?«

»Nein!« Ria geht zum Fenster. »Es ist ja strahlend blauer Himmel.«

Karl: »Rate mal!«

Ria: »Was?«

Karl: »Na, was die bezahlt haben!«

Ria: »Nein! Ich rate nicht!«

Karl: »Rate doch einfach mal!«

Ria: »Nein! Ich hasse Raten. Das weißt du doch!«

Ria öffnet die Balkontür und atmet die frische Morgenluft tief ein. Dann passiert das Unabwendbare: »Also, das ist ja echtes Sandalenwetter!«, sagt sie fröhlich.

Karl zuckt zusammen und stößt fast den Orangensaft um. Atemlos antwortet er: »Nein, das glaub ich nicht, es soll regnen! Also: zwanzig Millionen!«

Ria dreht sich um: »Zwanzig Millionen was? Pfund?«

»Oh, Mann, du hast echt keine Ahnung.

Euro natürlich! Und das ist schon das Höchste, was jemals für einen Torwart bezahlt wurde.«

Ria schaut wieder aus dem Fenster: »Wer sagt, dass es regnen soll? Ich seh keine einzige Wolke.«

»Tja, der Typ. Der ist echt gut! Ich werde auch Fußballer.«

Ria lächelt: »Einverstanden! Zuerst machst du aber noch die Grundschule zu Ende, bitte!«

Es scheint, als habe das Ablenkungsmanöver geklappt. Karl wähnt sich auf sicherem Boden.

»Okay, weil du es sagst!«, antwortet er kess.

»Ja!«, schmunzelt Ria, während sie sich eine Tasse Tee eingießt. »Und ich sage auch: Raus aus den Turnschuhen, rein in die Sandalen!«

Karl fällt die Kinnlade nach unten. Seine gute Laune ist schlagartig verflogen. Dass man aber auch immer für alles kämpfen muss. Soll das die so genannte schöne Kindheit sein? Kämpfe an allen Ecken und bei allen Gelegenheiten? Adrian! Frau Larens! Natascha! Sein Magen! Der Brief! Und nun Ria! Mist!

Karl versucht es mit Selbstbewusstsein: »Ich zieh keine Sandalen an.«

Auch Ria wird nachdrücklicher. Zwar ruhig, aber bestimmend sagt sie: »Klar ziehst du Sandalen an. Du kannst nicht jeden Tag in Turnschuhen herumlaufen.«

Karl gibt nicht so schnell auf: »Doch, das kann ich gut. Meine Füße schwitzen nie.«

»Ach, Karl, hör auf zu spinnen. Deine Füße sitzen den ganzen Tag in der Sauna. Übrigens, ein prima Klima für niedliche Fußpilze.«

Das Gute-Laune-Barometer fällt beachtlich. Manchmal sind die Witze seiner Mutter der Supernerv. Er verdreht die Augen: »Ha, ha! Sehr witzig! Und wie soll ich mit Sandalen Fußball spielen?«

Ria reicht's! Für sie ist das Gespräch offensichtlich beendet. Sie nippt an ihrem Tee und liest Zeitung. Karl steht auf. Stinkesauer. Im Flur murmelt er leise: »Scheiße! Öko-Tante!«

O nein! Er muss schon wieder zur Toilette. Kein Wunder bei diesen Gesprächen!

Den Kopf in die Hände gestützt, Ellbogen auf den Knien, die Hose tief unten auf den Knöcheln hockt Karl erneut auf der Klobrille.

SANDALEN. Was für ein Horror! Das hätte nicht passieren dürfen. Sein Ohnmachtsgefühl gegenüber Ria ist so grenzenlos wie seine Fantasie. Am liebsten würde er seine Mutter an einen Marterpfahl binden und genüsslich – vor ihren Augen – die Sandalen mit Opas Heckenschere in kleine Einzelteile zerlegen, um sie dann voller Wonne zusammenzufegen und in die Mülltonne zu werfen. Das wäre wunderbar! Ria würde natürlich alles versuchen, sich zu befreien, um ihm die Sandalen zu entreißen und diese brutale Zerstörung zu verhindern. Aber in seiner Vorstellung ist er klarer Gewinner. Stark sein muss schön sein.

Auch während des Zähneputzens hat Karl noch keinen Schimmer, wie er aus der Sandalennummer herauskommt. Wenn er mal Vater ist, wird sein Sohn niemals Sandalen tragen müssen. Niemals!

Karl schließt die Badezimmertür lauter als gewöhnlich und geht in sein Zimmer. Um kurz vor acht wirft er sich seinen Rucksack über die Schulter und hakt den Wohnungsschlüssel an den Hosenbund.

»Tschüss! Ich gehe!«, ruft er patzig in die Küche.

Ria kommt in den Flur. Er küsst seine Mutter flüchtig auf die Wange. Ria hat das Sandalengespräch längst vergessen. Kein Wort verliert sie über den Streit.

»Komm pünktlich um zwölf Uhr nach Hause!«, erinnert sie ihn. »Wir müssen zum Kieferorthopäden.«

Karl nuschelt ein »Ja, ja«, dann schwingt er sich aufs Treppengeländer und rutscht auf dem Bauch nach unten.

Die nächste Hürde kommt bestimmt, denkt er. Sandalen sind nur ein kleines Hindernis auf dem Weg zum Glück.

5. Ein Geheimnis mit Antonio

»O nein, ich Trottel, warum hab ich mich nicht durchgesetzt?!! Uncoole Kack-Sandalen, blöde!!« Leise schimpft Karl mit sich selbst, bevor er mit einem heftigen Rums am Ende der Treppe mit den Füßen auf die Fliesen klatscht.

Dann öffnet er die Haustür und wartet. Nach ein paar Minuten guckt er auf die Uhr. Antonio holt ihn jeden Morgen ab. Er schafft es selten pünktlich. Das liegt an dem Durcheinander, das seine Eltern und Geschwister veranstalten. Mama und Papa Lospagnolo sind nämlich aus Neapel. Und die Neapolitaner sind temperamentvolle Menschen, die oft mehrere Sachen zur gleichen Zeit machen: reden und Wäsche aufhängen und ein Baby wickeln und Nudelsoße kochen und … und … und. Genauso sind Antonios Eltern auch. Außer den Eltern hat er noch drei Schwestern. Alle jünger. Antonios Mutter arbeitet jeden Morgen ab fünf Uhr. Wenn sie nicht bis halb Acht zu Hause ist, muss Antonio sich um die

Schwestern kümmern. Armer Antonio! Und deshalb passiert es öfter, dass er für Grazia ein Brot schmieren muss, Marthas Rechenaufgaben kontrolliert oder das Baby Chiara wickelt. Karl weiß das und wartet geduldig. Nachdenklich zeichnet er mit dem Fuß Muster auf den Plattenboden.

Zum Glück hat Charlotte einen anderen Schulweg. Wenn sie jetzt mit einer Freundin vorbeikäme und beide würden verstohlen auf Karls Füße gucken. Die Freundin, im schlimmsten Fall Natascha, würde Charlottes Hand drücken und ihr etwas ins Ohr flüstern. Karl hört schon Nataschas hämisches Lachen. Er hebt unsicher den Kopf. Keine Mädchen weit und breit. Jetzt fantasiert er schon. Eine Sandalen-Albtraum-Fantasie!

Aber: Antonio biegt um die Ecke. Schneckenmäßig, wie immer! Den Gameboy fest in beiden Händen schaut er alle paar Sekunden hektisch auf den Bürgersteig. Er hat Angst, in Hundekacke zu treten oder einen Pöller zu rammen. Alles schon passiert! Beides wenig erfreulich. Jetzt sieht er aus wie eine Marionette, während er angestrengt die Tastatur bearbeitet.

Ohne hochzuschauen ruft er: »Hi!«

Karl antwortet einsilbig mit einem tonlosen »Hallo!«

»Bin grad auf Level 4.« Antonio ist gut gelaunt. Wie besessen drückt er weiter auf die Gameboy-Tasten. Dann: »Abgestürzt! Merda! So weit war ich noch nie.«

Er lässt den Gameboy sinken und sieht den Freund an: »He! Ist irgendwas? Schlechte Laune?«

»Geht so! Ich muss mit dir reden.« Karl bemüht sich möglichst cool zu klingen.

»Worüber?«, fragt Antonio überrascht. Dabei dehnt er das Ü endlos in die Länge.

Karl zögert. Wenn er die ganze Wahrheit sagt, würde Antonio ihm kein Wort glauben und überhaupt gar nicht verstehen, was er da macht und warum er das macht. Egal! Er braucht jemanden, dem er vertrauen kann. Schließlich muss er den Freund bitten, für ihn zu lügen. Nur eine Notlüge! Karl bekommt langsam kalte Füße. Nicht etwa wegen der Sandalen, denn es sind ja schließlich siebzehn Grad an diesem Morgen. Das sagt man, wenn jemand echten Stress hat oder Angst vor etwas.

»Also… also, es ist so: Ich geh jetzt mit dir bis zur Fußgängerampel und dann biege ich nach rechts ab zum Chlodwigplatz«, beginnt er stotternd seine Rede.

Antonio starrt den Freund mit weit aufgerissenen Augen an:

»Hä? Und dann?«

»Dann gehe ich zur Haltestelle und fahre in die Stadt!«

»Ja, ja!« Antonio spricht nun besänftigend zu Karl wie zu seiner kleinen Schwester. »Du spinnst heute ein bisschen! Willst wohl einen Freund verarschen!«

»Nee, im Ernst. Ich muss was Dringendes erledigen, und außerdem«, er zeigt auf seine Sandalen, »ich kann ja in der Pause nicht mal Fußball spielen.«

Antonio schüttelt den Kopf. Nun versteht er nichts mehr. Karl hat es befürchtet.

»Drehst du jetzt völlig durch? Du kannst doch nicht wegen so dusseliger Sandalen Schule schwänzen.« Antonio verschlägt's fast die Sprache.

Karl weiß, dass er dem Freund die Wahrheit sagen müsste. Aber das geht nicht. Das wäre viel zu peinlich. Armer Antonio! Er versteht nur Bahnhof. Das sagt man, wenn einer null kapiert von dem, was los ist. Und Karl gibt ihm nicht gerade das Gefühl, dass er ihn in den nächsten Minuten schlauer machen möchte: »Das kapierst du nicht«, antwortet er lediglich. »Hör auf zu fragen! Bist du mein Freund oder nicht?«

»Klar bin ich dein Freund. Was hat das jetzt damit zu tun?« Antonio ist ratlos.

»Du musst mich entschuldigen. Kleine Notlüge! Du erzählst, ich hätte gekotzt und müsste im Bett bleiben. Machst du das?«

»Und Frau Larens? Die glaubt mir nie?«

»Doch! Die würde nie denken, dass du lügst oder ich die Schule schwänze.«

»Hast du denn Geld?« Allmählich findet Antonio die ganze Angelegenheit spannend.

Karl greift in seine Hosentasche: »Mist! Hab ich oben liegen lassen.«

Antonio zieht an einer Kette, die am Gürtel befestigt ist, und vor Karls Augen baumelt ein Portemonnaie.

»Soll ich dir was leihen?«, fragt er.

»Wie viel hast du denn mit?«

Antonio schüttet den Inhalt der Geldtasche in Karls Hände, sie zählen: 1,82 Euro.

»Super! Ich nehm alles!« Karl hält seine Hand auf und fängt an zu drängeln.

Sein Blick fällt auf Antonios Füße: »Welche Schuhgröße hast du?«

»Hä? Was soll das jetzt wieder?«

»Sag doch mal! Nummer?« Karl tippelt von einem Fuß auf den anderen.

»Achtunddreißig! Wieso?«

»Sehr gut. Kannst du mir deine Turnschuhe leihen?«

Antonio klappt der Unterkiefer nach unten.

Mit offenem Mund guckt er den Freund fassungslos an: »Was? Ich soll dir meine Schuhe leihen? Und womit soll ich bitte zur Schule gehen? Vielleicht auf Socken? Oder barfuß?«

»Natürlich nicht! Ich geb dir meine Sandalen!« Karl deutet großzügig auf seine Füße.

Antonio schüttelt entsetzt den Kopf: »Na, das ist ja jetzt die Überfliegeridee! Mit diesen uncoolen Latschen kann ich nicht mal eine Stunde herumlaufen. Madonna mia! Erst recht nicht den ganzen Vormittag.«

»Bitte, Antonio! Es ist total wichtig. Ich muss um halb zwölf am Bahnhof was erledigen und das kann ich mit Sandalen echt nicht. Du kriegst sie doch heute Nachmittag zurück.«

Antonio betrachtet nachdenklich erst den Freund und dann angewidert die Sandalen: »Am Bahnhof? Ah ja!«

Er bückt sich, öffnet die Schuhbänder und zieht die Turnschuhe aus. Karl beobachtet seinen Freund überglücklich.

Mit komplizenhaftem Blick reicht Antonio Karl seine Turnschuhe:

»Und weißt du was? Ich entschuldige dich. Hoffentlich fang ich nicht an zu stottern. Wie du vorhin!«

Karl atmet erleichtert auf, seine Augen leuchten. Die beiden klatschen eine FIVE. Dann rennen sie mit polternden Rucksäcken zur nächsten Straßenecke. Die Fußgängerampel zeigt Rot. Antonio schaut nervös auf seine Fußspitzen. Karl biegt nach rechts ab, er winkt dem Freund zu: »Ich ruf dich an.«

Antonio nickt, drückt noch mal auf den Knopf der Fußgängerampel und starrt konzentriert auf die andere Straßenseite. Karl hat sich unter die Fußgänger gemischt und ist längst auf dem Weg zum Chlodwigplatz.

Das könnte ein maisgelber Tag werden!

6. Erstes selbst verdientes Geld

Noch drei Stunden und Charlotte sitzt im Zug nach Hamburg. Der Rucksack drückt auf Karls Schultern. Dieser Brief wiegt Tonnen.

Auf der anderen Straßenseite grölen Schüler aus der Parallelklasse einen Popsong. Schnell guckt er auf den Bürgersteig. Das wäre doof, wenn ihn ein Schulkamerad entdecken würde. Schließlich bewegt er sich in die falsche Richtung! Im Vorbeigehen sieht er sich in einer Glastür. Er grinst: Falsche Richtung, aber richtige Schuhe. Karl beschleunigt sein Tempo, um die Gefahrenzone unerkannt zu verlassen. Überall Ranzen, Rucksäcke und Turnbeutel.

Plötzlich tauchen wenige Meter vor ihm zwei wippende Jackettzipfel auf. Darunter schlackern Hosenbeine über quietschenden Lederschuhen. Am anderen Ende des Jacketts ein freundliches Gesicht mit Nickelbrille: Lukas' Vater mit einer übergroßen Brötchentüte. Blitzschnell drückt Karl sich in den nächsten Hauseingang, kauert zwischen stinkenden Mülltonnen. Bah! Igitt! Fischreste und Katzenstreu. Karl hält den Atem an. Paul geht vorbei. Das war knapp! Schuleschwänzen ist ein ganz schönes Risiko. Wieder spürt er ein Prickeln im Bauch, aber anders als heute Morgen, als er unentwegt zur Toilette musste. Diesmal ist es ein wohliges Gefühl! Ein bisschen Aufregung, ein bisschen Vorfreude und ganz viel Neugier.

Karl sieht schon den Chlodwigplatz. Schlagartig sind alle Grundschüler verschwunden. Hoffentlich trifft er keine Nachbarn, die ihn entdecken und dann gleich bei seiner Mutter klingeln: »Ach, Frau Welzen, hab Ihren Sohn grad am Chlodwigplatz gesehen. Machen die Kinder einen Ausflug? Komisch, ich hatte den Eindruck, der war ganz allein!« So könnte das Gespräch ablaufen und Ria würde ausrasten vor Sorge und Wut.

Geschafft! Um den Platz herum herrscht ein Höllenspektakel. Hupende Autos, prallvolle Busse, eilige Fahrradfahrer und Fußgänger mit forschen Schritten. Die Geschäfte öffnen gerade. Aus der Bäckerei duften frische Brötchen und Croissants. Karl hat gleich wieder Appetit. Hätte er doch genug Geld für eine Tüte mit Minicroissants. Die schmecken köstlich. Aber er muss auf sein weniges Geld aufpassen. Wie viel kostet überhaupt eine Fahrkarte?

»HP in Anno. Sanni unterwegs!« Blechern dröhnt eine Männerstimme aus einem Walkie-Talkie direkt neben seinem Ohr. Karl zuckt zusammen. Ein Polizist auf einem Bike saust haarscharf an ihm vorbei. Haben die Erwachsenen alle einen Stress morgens früh! Da kann man ja fast froh sein, wenn man in aller Ruhe zur Schule zockeln kann.

Karl steht am Chlodwigplatz, vor ihm das Severinstor. Jetzt muss er sich entscheiden, wie er in die Stadt fahren will. Er versucht sich zu erinnern. Letztes Jahr Ostern war er mal mit Ria und Volker am Bahnhof, um einen Freund abzuholen. Wahrscheinlich hatte Ria vergessen zu tanken oder das Auto war kaputt, denn normalerweise nehmen die beiden immer den Wagen. Egal! Womit sind sie da bloß gefahren? Das war ja schließlich die Frage. Bus oder Bahn? Bahn oder Bus? Herrje, ist das lange her. Lichtjahre. Er weiß es nicht mehr: Datei gelöscht.

Karl entscheidet sich und nimmt den Bus.

Nee, mit der Straßenbahn unter die Erde fahren, da verliert er den Überblick und sieht nicht mehr, wo er sich befindet.

Ein paar Mal war er schließlich in der Stadt. Die wichtigsten Gebäude in Köln kennt er: Schokoladenmuseum, Fortuna-Stadion, Cinedom, Ufa-Palast, Südbrücke und das Sportmuseum mit dem Fußballplatz auf dem Dach. Das wäre aber ein klasse Zufall, wenn die alle in der Nähe des Bahnhofs wären. Karl glaubt nicht an solche Zufälle.

Er wackelt mit den Zehen in den Turnschuhen. Joggen könnte man mit den Flitzern sicherlich gut. Da fällt ihm wieder Adrian ein. Mal sehen, wer diesmal das Rennen macht.

An der Bushaltestelle stehen ein paar ältere Schüler: Hosenbeine schleifen zwanzig Zentimeter über den Boden. Kein Schuh ohne geöffnete Schnürsenkel. Einige Jungs sehen total verschlafen aus. Drei Mädchen, geschminkt wie für eine Fernsehshow, diskutieren aufgeregt über ihren Mathelehrer, zwei andere rauchen gelangweilt.

Nach den Sommerferien geht er auch aufs

Gymnasium. Endlich lernt er Englisch und kann dann die Texte von Robbie Williams verstehen. Und richtig toller Sportunterricht wäre gut. Vielleicht meldet er sich für die Handball-AG. Hoffentlich kommt Charlotte in seine Klasse! Marla und Charlotte wollen unbedingt auf so ein Gymnasium mit Tanz- und Theaterkursen. Alle Mädchen möchten Popstars oder Schauspielerinnen werden. Die aus der 4a üben in jeder Pause Tanzschritte. Wenn sie sich unbeobachtet fühlen, spielen sie schon mal in der Ecke hinter der Turnhalle Liebesszenen aus dem Fernsehen nach. Das ist der Hammer! Die Jungen lachen sich darüber tot. Klaro! Die Aufführungen sind aber wirklich oberschrecklich. Charlotte und Marla können wenigstens singen und tanzen. Aber Jasmin, die ist völlig unbegabt. Wenn die im Musikunterricht vorsingen muss, stellen sich Karls wenige schon vorhandene Beinhaare in einem 90°-Winkel auf. Arme Jasmin! Und das bei der fürchterlichen Mutter, die selber mal Opernsängerin werden wollte. Zum Glück lassen ihn seine Eltern mit so 'nem Quatsch in Ruhe. Volker spielt gern mit ihm Fußball oder will schon mal mit ihm joggen. Genauso gern setzt er sich mit

Karl und zwei Tüten Chips vor die Glotze und glotzt. Sport natürlich. Immer wenn Volker samstags zu Hause ist, findet ein Mega-Ereignis statt: Sportschau mit Chips und einer Flasche Fanta. Kein Thema, wie Ria das findet. Da erwachen in ihr alte Öko-Gefühle. Sie kann es nicht lassen und listet gleich alle gefährlichen Inhaltsstoffe auf, die man jemals in Chips gefunden hat. Volker und Karl hören dann einfach weg. Ria bleibt kopfschüttelnd allein mit ihrem Gesundheitsfimmel. Zum Glück hat man zwei Elternteile, genau für solche schwierigen Situationen: der eine, der auf einen aufpasst, und der andere, der schön unvernünftig ist.

Mit Volker kann man gut unvernünftig sein. Als Karl noch klein war, fünf oder so, haben sie in der Weihnachtszeit mal Rias Keksdose geklaut. Selbst gebackene Plätzchen. Ria hatte mehrere Nachmittage mit Schürze und Mehlhänden in der Küche verbracht. Das war viel Arbeit. Volker und Karl bauten den halben Nachmittag ein kleines Zelt im Kinderzimmer auf, das war auch viel Arbeit. So saßen sie gemütlich zwischen Kissen und Decken und waren der festen Überzeugung, dass sie eine Belohnung verdient hätten. Und das Weihnachtsgebäck war exakt das Richtige. Während sie gerade stopften und schmatzten, kam Ria nach Hause. Sie sah Volker und Karl mit der fast leeren Keksdose im Zelt und sagte: »Klasse! Die blöden Kekse sind weg! Ich hab schon beim Backen zwei Kilo zugenommen.« Volker und Karl, denen vor Schreck die Kekskrümel aus dem Mund fielen, waren ziemlich erstaunt. Ria hatte sie erwischt und war gar nicht sauer? Sie ist nicht immer so cool. Früher flippte sie zum Beispiel total aus, wenn sein Vater mit ihm nach dem Schwimmen zur Frittenbude fuhr. Dabei ist dieser Restaurantbesuch neben der Sportschau der zweite Höhepunkt. Öko-Ria nervt das kolossal.

Karl schlendert am Bordstein auf und ab. Endlich kommt der Bus. Langsam fährt er über das Kopfsteinpflaster. Da soll noch jemand hineinpassen? Der Bus ist rappelvoll: Alle Plätze und der Gang sind besetzt. Hunderte von Schülern – oder wie viele passen in so einen Bus rein? – und Erwachsene auf dem Weg zur Arbeit. Karl steigt an der mittleren Tür ein und sucht den Fahrschein-Automaten. Dann steht er ahnungslos davor.

Ein Mädchen, das so schön aussieht wie eine Indianerin aus einem Walt-Disney-Film, mit zwei dicken braunen Zöpfen und olivefarbener Haut spricht ihn an: »Brauchst du Hilfe?«

Man kommt im Leben verdammt oft in peinliche Situationen!

»Ich brauch einen Fahrschein. Welchen Knopf muss ich drücken?«, antwortet er verwirrt.

Das Mädchen lächelt ihn an. Sie drückt auf die Taste mit dem Buchstaben K. Karls Hirn rattert. Was bedeutet K? Kind? Kurzstrecke? Er traut sich nicht zu fragen. Auf dem Display erscheint der Betrag, den er zahlen muss: 95 Cent! Karl ist geschockt: Damit ist das geliehene Geld halb futsch. Als ob er diese schreckliche Geldausgabe im letzten Moment verhindern könnte, wirft er in Zeitlupe Cent um Cent in den Automaten. Hinter ihm drängelt jemand. Er spürt den Stoß eines harten Gegenstandes in seiner Kniekehle. Eine Oma, die Hände voller Tüten und Taschen, schiebt sich neben ihn. Erwartungsvoll schaut sie Karl von der Seite an. Die Oma steht ihm fast auf den Füßen. Karl wirft weiter seine Geldstücke in den Schlitz.

»Leev ne!«, poltert die alte Dame völlig unerwartet und erbarmungslos laut los. »Mach doch eens vüran. Isch kann nit su lang stonn.«

Bei den ersten harschen Worten zuckt Karl zusammen und schaut in zwei kleine gefährlich blitzende Knopfaugen, die ihn streitsüchtig anfunkeln. Er hat kein Wort verstanden. Trotzdem murmelt er höflich eine Entschuldigung, nimmt seinen Fahrschein und geht drei Zentimeter zur Seite.

Gerade in diesem Moment fährt der Bus mit Vollgas los. Karls Hand verkrampft an der Haltestange, die Knöchel treten weiß hervor. Der Busfahrer ist nicht zimperlich, es geht zügig voran.

Die ersten zwei Haltestellen kannte Karl noch, aber jetzt wird alles fremd. An der nächsten Haltestelle steigen die Kinder und Jugendlichen schubsend und brüllend aus. Die Ärmsten müssen zur Schule. Karl hat endlich einen Platz am Fenster und schaut raus. Die Fahrt führt durch einen kleinen Tunnel, unter einem luxuriösen Hotel hindurch, vorbei an einem großen leeren Platz mit einem Reiterstandbild.

Wer ist der Reiter? Ein Retter? Ein Politiker? Ein Held? Karl will Volker fragen, der kennt solche Berühmtheiten.

Der Bus hält an. Über Lautsprecher ertönt eine Frauenstimme: »Endhaltestelle.«

»Endhaltestelle?« Karl ist entsetzt. »Na prima! Hier war ich noch nie in meinem Leben!«

Zögerlich verlässt er mit den letzten Fahrgästen den Bus. Er folgt den anderen. Die meisten haben es eilig und alle stürmen in die gleiche Richtung. Karl erreicht eine breite Straße, die aussieht wie eine Fußgängerzone. Geschäft reiht sich an Geschäft, Schaufenster an Schaufenster: Kleider, Jeans, Schuhe, Herren-Sakkos.

Eine blasse Erinnerung taucht auf: Hier war er mal mit Ria zum Schuhekaufen. Ist aber lange her. Früh am Morgen sieht man fast nur hektische Verkäuferinnen. Aber mittags ist es hier proppenvoll wie im Bus. Dann schieben sich kauende Menschenmassen in alle erdenklichen Richtungen aneinander vorbei. Auf dieser Straße isst jeder etwas. Alle paar Meter gibt es Pommes, Fischbrötchen, Eis oder Donuts. In der Mitte der Straße stehen hin und wieder üppig beladene Obst- und Gemüsestände.

Ein Obsthändler baut gerade seinen Stand auf: duftende Erdbeeren, Bananen, verschiedene Sorten Äpfel. Karl bleibt stehen. Er ist fasziniert. Der Mann mit dem dicken Schnurrbart und den warmen braunen Augen schichtet kunstvoll rotbackige Birnen aufeinander. Der Obsthändler merkt, dass er beobachtet wird.

»He, junger Mann, keine Schule heute?« Er schaut Karl herausfordernd an.

Karl wird rot wie die blank polierten Birnen.

Die zweite Notlüge des Tages ist fällig: »Nein, unsere Lehrerin hat sich den Fuß gebrochen. Jetzt hab ich zwei Stunden frei.«

Der Obsthändler arbeitet mit raketenartiger Geschwindigkeit. Birnen, Äpfel, Paprika und Gurken fliegen förmlich auf die vorgesehenen Positionen. Er hat erst die Hälfte seines Stands geschafft. Mit dem Hemdsärmel wischt er sich die Schweißtropfen von der Stirn. Karl stiert immer noch auf die bunten Obstpyramiden.

»Sieht alles einfach aus, ne? Ist es aber nicht! Der Aufbau ist immer das Schweißtreibendste. Willst du mir ein bisschen helfen? Kleines Geld verdienen?«, fragt der Mann.

Karl ist begeistert: »Gern! Was soll ich tun?« Sofort nimmt er seinen Rucksack von den Schultern.

»Erst mal müssen wir uns bekannt machen, Junge. Also: Ich bin Heinrich. Und wer bist du?«

»Ich heiße Karl!«

»Karl! Bist schon sympathisch! So hieß mein Vater. Das kann ich mir gut merken! Komm mal mit! Ich zeig dir, wo du deine Sachen hintun kannst und welche Arbeit wartet.«

Heinrich verstaut Rucksack und Jeansjacke unter den Planen des Marktstands. Dann erklärt er Karl alles Wichtige. Karls Augen leuchten. Er soll die Stiegen mit den Erdbeeren aus dem Lieferwagen holen und die Schalen vorsichtig aus der Folie packen.

Ziemlich viele Erdbeer-Stiegen stapeln sich in Heinrichs klapprigem Lieferwagen. Eine nach

der anderen nimmt Karl heraus und löst sorgsam die verklebten Folien von den Plastikschälchen, so dass man die reifen, frischen Früchte begutachten kann. Nach einer anstrengenden halben Stunde hat Karls Begeisterung kein bisschen nachgelassen. Er ist immer noch Feuer und Flamme. Heinrich schmunzelt über den Spaß, den der Junge bei der Arbeit hat. Nach einer weiteren halben Stunde sind alle Erdbeeren ausgepackt, die Äpfel zur Pyramide geschichtet, Bananen und Trauben hängen vom Dach des Stands, frische Kokusnussecken liegen gewässert in einer Schale. Karl und Heinrich stehen nebeneinander und betrachten ihr Werk. Kurz nach Neun verkaufen sie zwei Äpfel an die erste Kundin.

Heinrich klopft Karl auf die Schulter: »Bist e'n super Arbeiter, Junge. Warst mir 'ne große Hilfe. Ich geb dir drei Euro und du suchst dir so viel Obst aus, wie du möchtest. Und wenn sich deine Lehrerin mal den Arm bricht, dann kommste einfach wieder vorbei und hilfst mir. Jederzeit gern gesehen!«

Heinrich tippt mit dem Zeigefinger zum Abschied an die Stirn.

Karl lächelt verschmitzt: »Ich komme bestimmt, sobald meine Lehrerin noch mal schlappmacht.«

Bevor Karl weggeht, bemerkt er stolz: »Das ist mein erstes selbst verdientes Geld!«

»Na siehste!«, lächelt Heinrich, »klein muss man anfangen. Weiter so!«

Karl grinst, nimmt eine Banane und einen Apfel. Dann dreht er sich noch mal um und winkt Heinrich ein letztes Mal zu.

Karl schaut auf die Reklameuhr. Noch nicht mal halb zehn. Er hat alle Zeit der Welt, den Bahnhof zu finden.

Fröhlich klimpert er mit den Geldstücken in der Hosentasche. Das erste selbst verdiente Geld: drei Euro.

Er wird Charlotte ins Settebello einladen. Das ist die Knaller-Eisdiele in ihrem Viertel. Das Eis dort ist einsame Spitze. Und die bauen wunderschöne Becher mit Fähnchen und glitzernden Puscheln. Früher stellten sie auf das Schokoladen-Eis immer einen kleinen, Ski fahrenden Plastik-Eisbären, erzählt Ria. Den haben alle gesammelt – Kinder und Erwachsene –, weil der so niedlich aussah. Der Mexikaner-Becher ist leider ohne Mexikaner, sieht aber trotzdem lecker aus und schmeckt auch so! Oder vielleicht Spaghetti-Eis? Eine doppelte Portion? Karl wird übermütig. Ein paar Äpfel muss er sicher vorher noch aufschichten. Drei Euro werden kaum für zwei Rieseneisbecher ausreichen.

7. Karl ist nicht feige!

Die letzten Lieferwagen fahren im Schritttempo aus der Fußgängerzone. Mittlerweile wuseln viele Leute an den Schaufenstern vorbei. Genauso trubelig hat Karl die Straße in Erinnerung: Mütter schieben Kinderwagen, Männer in Anzügen hasten mit Handys zu ihren Terminen. Und die Verkäuferinnen überprüfen vor den Geschäften hin und wieder die Kleiderstangen mit den Sonderangeboten.

An einem Springbrunnen sitzt eine Gruppe kichernder Mädchen. Sie tragen kleine bunte Kopftücher, kurze Hosen und Badelatschen. Um jedes Mädchen-Handgelenk schlängeln sich mindestens zwei bunt schillernde Perlenketten. Karl hat sich auf einen Stein neben die Springbrunnen-Säule gesetzt. Die Mädchen stecken die Köpfe zusammen. Die Lehrerin ruft etwas auf Französisch. Alle lachen und schauen ihn an. Worüber reden die? Er sitzt hier ruhig auf seinem Stein und macht doch gar nichts? Was gibt's also zu lachen? Stehen seine Haare wieder ab? Er streicht mit der Hand über den Kopf. Möglichst beiläufig, sie sollen nicht merken, dass er sich ihretwegen Gedanken macht. Die Mädchen schielen immer wieder verstohlen zu ihm herüber. Karl dreht ihnen den Rücken zu.

Er denkt an Charlotte. Was wird sie zu seinem Brief sagen? Sofort fängt sein Bauch an zu rumpeln. Er schließt für einen kurzen Moment die Augen: Charlotte nimmt seinen Brief, öffnet den Umschlag, liest und sagt mit cooler Stimme: »Kino, klar, können wir mal machen.« Dann knüllt sie den Briefbogen mit den Herzchen zusammen und wirft ihn in den nächsten Papierkorb.

Schnell öffnet Karl die Augen. Eine Horrorfantasie! Echter Grusel. Aber es könnte trotzdem passieren. Vielleicht wurde Charlotte schon oft ins Kino eingeladen und das ist alles nichts Neues für sie! Womöglich hat Adrian, der Oberschlaumeier, schon eine ähnliche Idee gehabt: Kino mit Magnum. Das Volle-Kanne-Einschleimprogramm! Karl hat bei dem Gedanken an Adrian sofort wieder entsetzliches Magendrücken. Verunsichert überlegt er, ob er nicht doch seine ›spektakuläre Aktion‹ abbrechen soll. Karl schwitzt. Er bleibt stehen und zieht seine Jacke aus. Dann schaut er auf die Uhr. Es ist 9 Uhr 40.

Auf der anderen Seite in einer Nebenstraße entdeckt Karl ein Sportgeschäft. In Schaufenstern, die ihm wie Kinosäle vorkommen, präsentieren sich alle möglichen Sportartikel: Fitnessgeräte, Jogginganzüge, Badesachen, Wanderschuhe, Skates – ein einziges großes Fest. Karls Augen werden esstellergroß. Begeistert betrachtet er die Lederfußbälle, Schienbeinschoner, Stutzen und Fußballschuhe. Da, das sind die Schuhe von Ronaldinho. Was für ein Traum! 122 Euro steht auf dem Preisschild. Was für ein Albtraum!

Karl überlegt leise: »122 Euro. Wie viele Stunden müsste ich denn dafür arbeiten?« Er rechnet: »122 geteilt durch 3 ist 41.« Das sind 41 Stunden! Auf seiner Stirn erscheint eine steile Falte. Das heißt, an 41 Tagen jedes Mal eine Stunde lang Obst auftürmen. Das wären ja fast die ganzen Sommerferien. Und dann jeden Morgen um acht Uhr. Ein hartes Programm für Fußballschuhe! Und wollte er nicht eigentlich für den Eisbecher mit Charlotte sparen?

Sehnsüchtig guckt Karl auf die Schuhe. Hinter ihm quengelt ein kleiner Junge, der seine Mutter verzweifelt zum Schaufenster ziehen will. Er schaut zur Uhr: Viertel vor zehn. Die Zeit scheint still zu stehen.

Karl geht zurück auf die große Geschäftsstraße. Vor einem Café wischt eine Kellnerin weiße Plastiktische und spannt Sonnenschirme auf. Ein junger Mann in Jeans und kariertem Hemd packt eine Geige aus. Neben den Notenständer stellt er den geöffneten Geigenkasten. Konzentriert spannt er den Bogen, stimmt sein Instrument, prüft den Schulterhalter. Behutsam streicht er mit dem Bogen über die Saiten. Karl bleibt stehen. Die ersten Töne erklingen. Karl hört gespannt zu. Wenn er so spielen könnte! Geige üben kostet echt Nerven. Karl hat vor vier Jahren angefangen. Und was kann er? Zwei oder drei Melodien klingen ganz gut. Beim Geburtstag seiner Oma hat er sogar vorgespielt. In einem riesigen Saal vor allen Cousinen. Karl hat nämlich nur Cousinen. Auch so eine Ungerechtigkeit des Lebens. Einzelkind sein und keinen einzigen Cousin haben. Auf jeden Fall war das Vorspielen zuerst schrecklich. Aber als es vorbei war, machte es ein gigantisch tolles Gefühl. Tosender Applaus schallte ihm entgegen und sogar Bravorufe. Seine kleine Cousine schrie immer wieder: »Zugabe«. Dieser Erfolg war nicht unbedingt das achte Weltwunder: Es waren schließlich alles seine Verwandten.

Wenn Karl mehr üben würde, ja dann, dann könnte er vielleicht später ein Straßenkonzert geben.

Es ist nur so dämlich umständlich, bis man

erst mal loslegen kann: Geigenkasten aus der hintersten Zimmerecke kramen, Schnappverschlüsse öffnen, Instrument herausholen, Kinnhalter montieren. Geige stimmen, zupfen, drehen, wenden. Den Bogen spannen, den Bogen mit Kolophonium einfetten. Alle Arbeitsschritte mitgezählt? Das ist doch der Wahnsinn schlechthin. Andere setzen sich ans Klavier, klappen den Deckel auf und los geht's. Ach ja, den Aufbau des Notenständers darf er natürlich nicht vergessen. Das dauert auch 'ne Weile, weil die Teile so verzwickt sind. Aber wer will schon so ein Ding aufgebaut im Kinderzimmer stehen haben? Niemand! Den Platz braucht Karl schließlich für seine Legos und zum Fußballspielen.

Charlotte findet Geigenmusik schön traurig, hat sie mal gesagt. Ob sie sein Geigenspiel auch schön finden würde? Gedankenverloren schüttelt Karl den Kopf. Allzu oft quietscht und zirpt der Bogen über die Saiten, rutscht die Melodie weg. Aber der Brief? Das ist was anderes. Würde sie den schön finden? Soll er ihr den Brief wirklich geben? Grässlichste Bilder rattern und schnattern wieder durch seinen Kopf wie eine Schar wild gewordener Gänse. Vielleicht bekommt sie einen Lachanfall, wenn sie die Einladung sieht. Oder sie liest den Brief und ein Windstoß ergreift das Blatt. Das Papier segelt durch die Luft, überschlägt sich und landet vor den tapsigen Pfoten eines Huskys, der es einfach auffrisst. Fressen Huskys gelbes Briefpapier?

Karl stöhnt hörbar auf. Wo ist der Brief? Er muss ihn noch mal lesen. Er sucht in allen Fächern, zieht alle Reißverschlüsse auf. Endlich! Der zugeklebte Umschlag liegt bleischwer in seiner Hand. Können Wörter an Gewicht zunehmen wie Antonio nach sechs Wochen Sommerferien bei der Oma in Positano? Und wieso ist der Umschlag zugekleistert? Kein Windchen könnte hinein oder hinaus. Luftdicht versiegelt, wie Opas Lieblingssalami.

Komisch, dass er sich an seine eigenen Sätze nicht erinnern kann. Bestimmt klingt alles kindisch und mega-uncool. Was soll er tun? Er kann den Umschlag nicht aufreißen. Also muss er das Risiko eingehen. Er muss Charlottes Erstaunen oder ihr Lachen, einen abweisenden Gesichtsausdruck oder den Papier fressenden Hund aushalten.

Andererseits muss er gar nichts: Er muss ja nicht zum Bahnhof. Nichts und niemand zwingt ihn. Niemandem muss er was erklären, weil keiner etwas weiß. Er könnte noch ein bisschen durch die Stadt bummeln, in allen Sportgeschäften Fußballtrikots anprobieren und um 12 Uhr nach Hause fahren. Jawohl, das könnte er.

Aber nach dem ganzen Aufwand kurz vor dem Ziel kneifen? Nein! Karl ist doch nicht feige. Er wünscht sich, dass jetzt mal ein paar schöne Träume durch seinen Kopf fliegen. Träume, in denen alles nach Plan läuft. Träume, in denen Charlotte ausflippt vor Freude. Gelbe Zauberträume eben.

Das Geigenspiel reißt ihn aus seinen Gedanken. Ein älteres Ehepaar und eine Frau sind stehen geblieben und applaudieren. Der Mann wirft 50 Cent in den Geigenkasten. Karl dreht seine Geldstücke in der Hosentasche. Der junge Geiger beginnt ein neues Stück. Virtuos wirbelt der Bogen über die Saiten. Mehr und mehr Menschen bleiben stehen. Die Musik macht gute Laune. Karl sitzt auf seinem Rucksack. Sein rechter Fuß wippt im Takt. Manchmal greift er, ohne es zu merken, die Noten mit.

Als der Musiker das zweite Stück beendet, holt Karl 50 Cent aus seiner Hosentasche und wirft sie in den Kasten. Das war schön! Er sollte auch mit Geigen Geld verdienen. Heute Nachmittag wird er mal 15 Minuten üben. Das reicht bestimmt für den Anfang.

Karl steht auf, bindet seine Jacke um die Hüften und schlendert weiter die Straße hinunter. Plötzlich entdeckt er zwischen den Geschäften ein Bauwerk, das aussieht wie eine Kirche. Ein kleine Kapelle.

Neben dem Eingang sitzen Jugendliche in abgewetzten Jeans auf dem Boden. Karl geht zu einer Bank in der Mitte der Straße, um sie zu beobachten.

Sie drehen ziemlich dicke Zigaretten aus drei Papierchen, die sie zusammenkleben. Der älteste der Jungen leckt das Papierchen an und klebt es wie eine Schultüte zusammen. Karl ist fasziniert. Der Dreher zündet die Zigarette an, pafft und zieht den Rauch mit zurückgelegtem Kopf ganz tief in den Hals. Das Riesending qualmt wie verrückt. Der Rauch scheint im Körper zu verschwinden. Ist ja ekelig! Karl glotzt mit offenem Mund, was als Nächstes passiert. Jetzt reicht der Junge die Zigarette weiter an den, der links neben ihm sitzt. Der macht das Gleiche: tiefes Inhalieren, Warten, Ausatmen! Karl wundert sich. Wenn sein Opa eine Zigarre raucht, dann qualmt das wie blöde und der Rauch kommt direkt wieder raus. Oma wedelt dann mit allem in der Luft herum, was ihr in die Hand fällt, denn sie findet den Gestank fürchterlich. Karl hat noch nie gesehen, dass Leute auf diese Weise eine Zigarette rauchen. Vor allem nicht so eine große. Und auch nicht zu dritt oder zu viert. Na klar, dass er nicht vorher auf die Idee gekommen ist: Die haben kein Geld. Zumindest sehen sie nicht reich aus. Ihre Jeans sind schmutzig. Sie sitzen auf Schlafsäcken und Isomatten. Vielleicht haben sie vor der Kapelle übernachtet, weil sie sich kein Zimmer leisten können. Wenn man sparen muss, raucht man auch zu dritt eine Zigarette. Allerdings – Karl ist schließlich Logiker – drei Papierchen und der Tabak hätten doch für drei Zigaretten gereicht, oder?

Während Karl über logisches und unlogisches Zigarettenrauchen nachdenkt, schaut das Mädchen mit den Silberringen in der Augenbraue und dem gepiercten Bauchnabel zu ihm herüber. Sie fühlt sich beobachtet.

»Was glotzte denn so?«, fragt sie pampig.

Karl würde sich gern unsichtbar machen.

»Wie alt biste?«, will das Mädchen wissen.

»Zehn!«, antwortet er.

»Na gut, okay, siehst älter aus. Willst du mal probieren? Deine Eltern rauchen sicher nicht, oder wenn doch, dann lassen sie dich bestimmt nicht ziehen. Stimmt, oder?«

Karl findet das Gespräch stressig: »Meine Mutter raucht nur ab und zu mal Kräuterzigaretten ohne Nikotin.«

Das Mädchen lacht laut los: »Kräuterzigaretten! Ja, ja, ja. So'n Quatsch! Das erzählt man dann den Kindern. Komm, setz dich zu uns und nimm einen Zug.«

Karl ist verunsichert. Das Mädchen ist eigentlich ganz nett und er will sich nicht blamieren. Er presst krampfhaft den Rucksack auf seinen Schoß.

Als sie aufsteht und auf ihn zukommt, wird's ihm zu brenzlig: »Nee, lass mal, ich will nicht rauchen. Mir wird dann bei der Hitze immer schlecht. Außerdem muss ich weg.«

Karl steht schnell auf. Das Mädchen wird

sauer: »Ach, feige biste!« Spöttisch lächelnd dreht sie sich um und geht zu den Jungen zurück.

In diesem Augenblick tauchen zwei Polizisten auf, die Streife laufen. Karl schaut vorsichtig zurück: Die Riesenzigarette wird blitzschnell ausgemacht und weggepackt.

Karl möchte den beiden Grünen nicht begegnen. In einer Kindersendung im Radio wurde berichtet, dass man in Bayern neue Maßnahmen gegen Schulschwänzer ergreift. »Ausgerechnet in Bayern!«, hat sich Ria gewundert. »Angeblich haben die doch die besten Schüler.« Auf jeden Fall sollen Polizisten auf Fahrrädern und Pferden Jugendliche und Kinder aufpicken, die zu morgendlichen Uhrzeiten in der Stadt herumlungern. Die Aufgegriffenen werden fein zu Hause abgesetzt. Gebühr bezahlt Empfänger. Beim ersten Mal gibt's nur den normalen Heidenärger mit den Eltern. Beim zweiten Mal wird schon eine Geldstrafe erhoben. Wegen des Aufwands, den die armen Polizisten haben: Runter vom Pferd oder Rad. Hinter dem Schulschwänzer herlaufen, der natürlich erst mal versucht abzuhauen. Streife rufen. Kollegen informieren. Diskussion mit hartnäckigen Jugendlichen, die behaupten, dass sie schulfrei haben. Und so weiter. Das ist alles Nervenstress. Die Polizisten sind ja selbst neu in dem Job. Vielleicht gibt es das in Köln auch schon. Und Karl weiß es nur nicht. Er will lieber aufpassen. Er lässt sich doch jetzt nicht erwischen. Kurz vorm Ziel. Er schaut auf die Uhr. Es ist zwanzig nach zehn!

Beinahe wäre er über die Frau mit dem Kinderwagen gestolpert. Fröhlich blödelt sie mit ihrem kleinen Mädchen, das vor Lachen quiekt. Karl entschuldigt sich: »Wissen Sie zufällig, wo der Bahnhof ist?«, fragt er zaghaft.

Die Frau lächelt: »Das ist ganz einfach«, erklärt sie. »Du gehst an der Säule vorbei, links in die große Einkaufsstraße und dann immer geradeaus. Erst kommt der Dom und daneben liegt direkt der Bahnhof.«

Karl bedankt sich.

Plötzlich nähern sich die beiden Polizisten mit forschem Schritt. Karl dreht sich auf der Stelle um. Haben sie ihn entdeckt? Er bleibt vor dem Schaufenster einer Buchhandlung stehen und bückt sich und zupft an seinen Schnürsenkeln. In der Spiegelung der Scheibe beobachtet er die Männer in grüner Uniform. Allerdings haben die keine Pferde und keine Fahrräder. Und Karl? Zehn Jahre und am Vormittag allein in der Fußgängerzone! Kein Schulgebäude weit und breit! Das könnte auffallen. Er nestelt noch mal schnell am rechten Schnürsenkel und flüchtet doch vorsichtshalber in die Buchhandlung.

8. Ein schlimmer Verdacht

Das ist eine Buchhandlung? Karl steht staunend an einem der unzähligen Tische. Überall Bücherstapel, Postkarten und Reiseführer. In der rechten Ecke sogar eine Kaffeebar. Links eine Frau hinter einer Glasscheibe. Hier kauft man Theaterkarten. Eine Rolltreppe führt nach oben. Karl möchte nicht auffallen. Am besten verschwindet er kurz in der Abteilung für Kinderbücher. Er sucht auf der Infotafel: 2. Stock! Mit einem Sprung ist er auf der Rolltreppe.

Wie kann das sein, dass am frühen Morgen schon so viele Menschen Bücher kaufen wollen? Karl kann's nicht fassen. Müssen die alle nicht arbeiten? Das Leben ist ungerecht. Kinder müssen Tag für Tag in die Schule und die Erwachsenen bummeln in der Stadt herum. Als Kind hat man ja keine blasse Ahnung, was Erwachsene den ganzen Tag so treiben. Karl bekommt allmählich eine Idee.

In der zweiten Etage ist es leerer. Gibt es so viele Kinderbücher? Karl schlendert an den Regalen entlang: Da stehen Computerspiele,

Videokassetten und Hörspiele. Sogar Brettspiele gibt's hier. Natürlich nur pädagogisch wertvolle. Klar!

Eine forsche Frauenstimme ertönt hinter einem Regal. Die Mutter möchte ihrer kleinen Tochter ein Buch kaufen. Ein Bilderbuch! Sie legt mehrere Exemplare auf den Tisch. Karl erkennt das eine oder andere Buch an den Illustrationen. Schließlich wurde er früher mit Bilderbüchern gefüttert. Na ja, ab und zu gab's noch Kartoffelbrei und ein Tässchen Tee. Er beobachtet die Mutter und ihre Tochter. Das Mädchen weigert sich. Sie will kein Bilderbuch über das ABC und auch keins über einen verlorenen Teddy und erst recht keins über einen toten Opa.

Die Kleine hat sich selber ein Buch aus dem Regal gezogen: Auf dem Umschlag grinst ein verschlagener Fuchs und hält einen kleinen verängstigten Hasen an beiden Ohren. Auf der Rückseite aber nimmt ein Füchschen den Hasen liebevoll in den Arm. Karl kann das Mädchen verstehen. Er hätte auch das Buch mit den Tieren genommen.

Er verlässt seinen Beobachtungsposten und schlendert zurück zu den Computerspielen.

Lange kann er sich nicht in der Buchhandlung aufhalten: Es ist schon fast elf Uhr. Immer mal wieder schaut er zur Rolltreppe, ob die Polizisten ihm gefolgt sind.

»Suchst du etwas Bestimmtes?« Plötzlich steht eine Verkäuferin neben ihm.

Karl ist völlig überrumpelt. »Nein! Nein! Wollte mich mal umschauen!«

»Hast du überhaupt Geld?«, fragt die Verkäuferin missmutig.

Karl findet die Frau unsympathisch und möchte am liebsten nicht antworten.

»Klar, was denken Sie denn?«, gibt er frech zurück.

Irgendwie fühlt er sich von der Frau bedroht. Er merkt, dass er rote Ohren bekommt. Die Stimme der Verkäuferin wird noch kühler: »Weißt du was? Ich denke, wir sollten uns mal den Inhalt deines Rucksacks anschauen!«, sagt sie und will gerade die Hand an seinen Rucksack legen. Das ist ja die absolute Unverschämtheit. Was will die Ziege?

Hastig macht er einen Schritt zurück.

»Glauben Sie etwa, dass ich was gestohlen habe?« Karl kapiert allmählich, was in der Frau vorgeht.

»Mich wundert, wie du hier herumlungerst zu einer Zeit, wo du eigentlich in der Schule sein solltest! Stell mal den Rucksack ab und zeig mir, was da drin ist!«

Karl wird sauer und verstrickt sich dadurch mehr und mehr in die Situation. »Ich hab noch nie was gestohlen. Und außerdem: Ich muss jetzt gehen! Ich hab's eilig!«

»Ob du es eilig hast oder nicht, interessiert mich nicht. Wir können auch gleich die Polizei holen!«, erklärt die Frau energisch.

Karl ist verzweifelt. Das würde gerade noch fehlen. Die Polizei!

»Nein! Das ist nicht nötig! Ich habe nichts gestohlen. Ich muss wirklich weg.«

»Zeig mir den Inhalt deiner Tasche und du kannst gehen. Das ist doch ganz einfach.« Die Verkäuferin bleibt unerbittlich hart.

Karl guckt auf die Uhr. Es ist acht Minuten nach elf.

In Windeseile reißt er den Rucksack vom Rücken, nimmt Mappen und Bücher heraus und breitet alles auf dem Boden aus. Stifte, Schere, Kleber rollen über den hässlich abgetretenen Teppichboden. Kein gestohlenes Kinderbuch ist zu sehen. Die Verkäuferin betrachtet argwöhnisch die Schulsachen. Sie sieht die ordentlich geführten Hefte und sauber eingeschlagenen Bücher. Dann gleitet ein hilfloses Lächeln über ihr strenges, faltiges Gesicht.

»Es tut mir Leid!«, quetscht sie mit sichtlicher Mühe durch die schmalen Lippen. »Weißt du, hier wird viel gestohlen, und wenn jemand verdächtig erscheint, müssen wir das prüfen.«

Trotz der Entschuldigung ist Karl empört und gleichzeitig total gestresst. Ob die Sache nun erledigt ist? Oder folgen noch weitere unangenehme Fragen? Zum Beispiel, warum er um diese Uhrzeit nicht in der Schule ist? Karl befürchtet plötzlich, die Kölner Polizei könnte mit Verkäuferinnen zusammenarbeiten. Vielleicht kriegen die sogar eine Prämie. Wie Kaufhausdetektive. Er bemüht sich, ruhig und freundlich zu bleiben, denn er will sofort aus dieser Buchhandlung heraus.

»Ich habe es wirklich sehr eilig.«

Die Verkäuferin hat offenbar ein schlechtes Gewissen, weil sie ihn angepampt hat. »Ja, geh nur! Und entschuldige nochmals.«

Karl wirft hastig alle Sachen in den Rucksack. Dann rast er die Rolltreppe hinunter Richtung Ausgang.

Vor der Tür muss er kurz überlegen, wo er überhaupt ist. Die Zeit drängt. Die Polizisten sind verschwunden. Wie lange war er wohl mit der doofen Verkäuferin beschäftigt? Er schaut auf die Uhr: 11.15 Uhr. Mist! Jetzt sollte er die Beine in die Hand nehmen, sonst sieht er nur die Rücklichter des Zuges und Charlotte bleibt für sechs Wochen unerreichbar.

9. Wettlauf mit der Zeit

Rechts könnte der Bahnhof liegen. Karl darf keine Zeit mehr verlieren. Massenweise schieben sich Touristen, junge Pärchen mit Kleinkindern und Rentner mit Einkaufswagen durch die Fußgängerzone. Karl versucht zu rennen. Der Rucksack poltert auf seinem Rücken von links nach rechts. Atemlos erreicht er einen kleinen Platz mit einem riesigen Baum. Er muss eine Sekunde Luft holen. Ein durchdringendes Geräusch lenkt ihn ab. Überall um ihn herum piept und zirpt es wie verrückt. Alle Spatzen der Stadt scheinen sich in der Platane verabredet zu haben. Sie beobachten das Treiben an den Tischen, die unter dem Baum aufgestellt sind. Sobald ein Gast aufsteht, stürzen die Spatzen von den Ästen und picken die liegen gebliebenen Kuchenreste und Brötchenkrümel. Sie sitzen auf den Tellern und Tischdecken und schnappen, was sie erwischen können, bevor die Kellnerinnen, mit Lappen und Tabletts bewaffnet, die Köstlichkeiten achtlos wegwischen. Die jüngeren Spatzen sind mutiger als ihre Eltern. Sie setzen sich auf die Lehnen der unbesetzten Stühle und starren fordernd mit schief gelegtem Köpfchen auf die kauenden Menschen. Karl ist fasziniert von den Vögeln. Alle kleinen Kinder juchzen begeistert und versuchen die Spatzen zu streicheln. Aber die Vögelchen recken ihre Hälse und erheben sich mit schnellem Flügelschlag zurück in den alten Baum.

»Große Strauße für fünf Euro! Alle Blumen Sie wollen!«, tönt es von der anderen Seite des Platzes. Ein Blumenhändler preist charmant seine Waren an. Seine tiefe, wohlklingende Stimme versammelt Frauen allen Alters um den Blumenstand. Der Mann stellt in Windeseile immer wieder Blumensträuße zusammen, die die Frauen kaum in den Armen halten können. Karl weiß nicht, wo er zuerst hinschauen soll bei dem Menschengewimmel. Da drängt sich wieder Adrian in seine Gedanken: Was wäre, wenn Adrian die gleiche Idee gehabt hätte wie er? Wenn sie zusammen den Bahnsteig erreichen? Adrian mit einem Päckchen in der Hand von der Größe einer CD? Was würde Karl tun? Würde er kämpfen? Das Wettrennen gegen Adrian zu Ende führen?

Karl kriegt einen Schreck. Wie spät wird es wohl sein? Er muss weiter.

Und Karl rennt! Über die Domplatte zum Bahnhof hinunter, immer zwei Stufen auf einmal, dann ein Blick zur Bahnhofsuhr: 11.22 Uhr! Panik!

Er rast in die Bahnhofsvorhalle. Auf einer Anzeigentafel leuchten Abfahrtzeiten und Gleisinformation zu den Zügen:

11.30 Gleis 5 Loreley-Express nach Hannover
11.32 Gleis 3 Berlin über Münster
11.37 Gleis 1 Hamburg über Dortmund

11.37: Das muss Charlottes Zug sein!

Es ist genau 11.26 Uhr. Noch elf Minuten!

Karl guckt sich verzweifelt um. Überall Menschen mit Koffern, Taschen, Walkmen, Zeitungen.

Aber wo sind die Gleise? Endlich entdeckt er einen Informationsstand. Vor ihm eine ältere Dame, die Probleme mit ihrem Hörgerät hat. Laut dringen die Auskünfte des Beamten durch das kleine Glasfenster. Jetzt ist Karl an der Reihe. Er fragt nach Gleis 1. Der Mann von der Bundesbahn erklärt umständlich den Weg.

Warum ist das so kompliziert? Die Zeiger der

Bahnhofsuhr springen unaufhörlich vorwärts. Als Karl den Weg verstanden hat, zeigen sie 11 Uhr 30.

Er schießt wie ein Pfeil durch die Gänge des Hauptbahnhofs.

Linker oder rechter Aufgang zum Gleis 1? Egal! Er wählt rechts! Wieder nimmt er zwei Stufen auf einmal und stürzt die Treppe hoch.

Auf dem Bahnsteig steht ein endlos langer Zug mit geöffneten Türen.

10. Bitte einsteigen!

Am Gleis 1 herrscht Trubel wie auf dem Chlodwigplatz. Männer in grauen Anzügen mit Laptop-Taschen hetzen über den Bahnsteig. Eine Gruppe Jugendlicher hat sich im Gleis geirrt und drängt zurück zum Treppenabgang. Eine Familie mit drei Kindern und vier Koffern schiebt sich ihnen entgegen. Ein junger Mann hilft einer gehbehinderten alten Frau beim Einsteigen.

Karl, zwischen all den Menschen, weiß nicht, wo er zuerst hingucken soll. Er läuft den Bahnsteig entlang. Er drängelt sich vorbei an einsteigenden Passagieren und tränennassen jungen Mädchen, die ihre Freunde ein letztes Mal küssen und umarmen. Verwandte winken zum Abschied. Wo ist Charlotte mit ihrer Familie?

Karl hat gerade mal die Hälfte des Zuges geschafft. Der Bahnsteig leert sich. Plötzlich hört er einen lauten Aufschrei. Ein kleiner Junge mit Kappe schlägt mit der flachen Hand dreimal klatschend auf einen Kofferdeckel.

»Eins-Zwei-Drei für Lotte. Eins-Zwei-Drei für Lotte!«, brüllt er.

Hinter einer Imbissbude taucht ein Kopf mit einem zitronengelben Tuch und zwei Zöpfen auf. Karl bleibt fast das Herz stehen. Da ist sie! Klar, das ist ja Florian, Charlottes kleiner Bruder. Karl läuft winkend auf das Mädchen zu: »Charlotte! Charlotte!«

Charlotte kommt aus ihrem Versteck. Sie hört ihren Namen und schaut sich verdutzt um. Dann entdeckt sie ihn. Karl rennt auf sie zu: »Hi!«, keucht er außer Puste.

Charlotte starrt ihn an, als wäre er Batman persönlich. Der fliegende Supermann überzeugt wie immer durch Tempo und unerwartetes Auftauchen.

»Karl?« Sie stutzt und staunt. »Was machst du denn hier?«

Karls Hände versinken tief in den ohnehin schon ausgebeulten Hosentaschen. Er sieht aus, als wolle er sich gerade am Knie kratzen.

»Ich … Ich wollte dir was geben!«, antwortet er, nachdem er zweimal Luft geholt hat.

Charlotte hat plötzlich ganz rote Wangen: »Wieso was geben? Was meinst du?«

Ihre Zehenspitze bohrt sich in den Beton. Mit

der linken Hand dreht sie die Spitze ihres Zopfes. Nervös steckt sie das Ende in den Mund.

Karl versucht cool zu sein, aber er ist ganz schön durcheinander. Hektisch nimmt er den Rucksack vom Rücken und setzt ihn auf den Boden. Er öffnet nacheinander alle Reißverschlüsse. Natürlich ist der Brief ausgerechnet jetzt spurlos verschwunden.

Charlotte beobachtet ihn unterdessen und dreht immerzu ihren Zopf: »Coole Schuhe hast du an! Sind die neu? Sehen ein bisschen aus wie die von Antonio.«

Karl möchte nun darüber nicht unbedingt sprechen: »Ja, ja!«, murmelt er, während sein Kopf fast im Rucksack verschwindet.

»Wieso bist du nicht in der Schule?« Charlotte bohrt weiter. »Ist was ausgefallen?«

Schule: das zweite Thema, das Karl vermeiden möchte. Er durchsucht gerade das dritte Fach seines Rucksacks. Wegen der dämlichen Verkäuferin ist alles durcheinander geraten.

»Schule?«, antwortet er beiläufig. »Och, nö, ich hatte heute keine Lust. Antonio entschuldigt mich.«

Mittlerweile kramt er kniend in seinem Rucksack.

Charlotte reißt die Augen auf und wiederholt langsam Karls Satz: »Wie bitte? Antonio entschuldigt dich? Das ist nicht dein Ernst! Du schwänzt gerade Schule?«

»Tja, so kann man das auch nennen. Ich hatte was zu erledigen. Kann doch mal vorkommen.« Karl gefällt sich in seiner neuen Rolle.

Charlotte ist sprachlos. Endlich hält Karl den Brief in der Hand. Er steht auf. Charlotte und er schauen sich an.

In diesem Moment rennt Florian auf die beiden zu und rempelt gegen seine Schwester: »Lotte, du bist. Ich habe dich gesehen. Hallo, Karl, spielst du mit Verstecken?«

Florian findet es anscheinend normal, dass er da rumsteht.

Bevor Karl antworten kann, taucht das nächste Familienmitglied auf. Charlottes Vater. Na bravo!

»Mein Sohn, der Zug fährt gleich ab. Schluss mit lustig«, ermahnt er Florian. »He, das ist aber eine Überraschung! Wie schön, dass du uns verabschiedest, Karl. Schule schon aus?«

Karl gibt Charlottes Vater die Hand: »Guten Tag, Herr Römer, ja, ja, kam hier gerade so vorbei.«

Der Vater reagiert nicht weiter. Zum Glück! Er ist mit der Organisation der Abfahrt beschäftigt, sortiert Koffer, Taschen und Beutel.

»Ah, verstehe, verstehe«, erwidert er Sekunden später. »Dann will ich mal die letzten Sachen reintragen. Komm, Flori, hilf mir! Charlotte, du musst in zwei Minuten einsteigen. Gleich geht's los.«

Die ganze Zeit hat Karl den Brief hinter seinem Rücken versteckt. Als der Vater mit Florian im Zug verschwunden ist, gibt er Charlotte den Umschlag.

Zögerlich greift sie danach: »Ein Brief? Soll ich den jetzt aufmachen?«

Karl nickt. Vorsichtig schlitzt sie mit dem Finger die Seitenkante des Papiers auf, zieht den gefalteten Briefbogen langsam aus dem Umschlag und liest. Karls Hände versinken tief und tiefer in den Taschen. Er starrt auf seine Schuhspitzen. Eigentlich sind es ja Antonios Schuhspitzen, denkt er.

Dann – so etwa nach einer Milliarde Lichtjahren – hebt Charlotte den Kopf. Ihr Gesicht hat original die Farbe einer sonnengereiften Tomate. Auch als rote Ampel könnte man sie einsetzen. Würde sie jetzt die Straße überqueren, käme es wahrscheinlich zu krassen Vollbremsungen oder einer Massenkarambolage. Verlegen fährt sich Karl mit der Hand durch die Haare. Charlotte bewegt sich einen Schritt auf ihn zu. Sie lächelt. Die Sommersprossen scheinen auf der Nase zu tanzen. Für einen kurzen Moment legt sie ihre Hände auf Karls Schultern und drückt hastig einen flüchtigen Kuss auf seine Wange. Alles geht so schnell, dass Karl nicht weiß, wie ihm geschieht. Eine große warme Welle durchflutet ihn. Langsam versinkt er im grauen Betonboden von Gleis 1.

Wie aus einer anderen Welt tönt plötzlich laut und erbarmungslos eine Stimme an sein Ohr: »Charloootte! Kooomm! Verabschiede dich!«

Charlottes Vater steht auf der obersten Stufe der Wagentreppe. Auf dem Bahnsteig sind nur noch Winkende. Charlotte faltet den Brief sorgfältig, steckt ihn in die Hosentasche.

»Klar, Karl!«, sagt sie. »Kino find ich super! In drei Wochen bin ich zurück. Dann verabreden wir uns!«

Karls Lippen pappen zusammen, als habe er versehentlich in Uhu gebissen, er kann nur nicken. Charlotte läuft mit wehenden Zöpfen zur Tür und steigt ein. Wenige Sekunden später erscheint sie am Abteilfenster. Karl steht immer noch wie angewurzelt auf dem Bahnsteig. Der Schaffner schaut zur Uhr.

Dann ist Charlotte verschwunden. Mit einem Buch in der Hand springt sie plötzlich aus dem Zug. »Schreibst du in mein Freundschaftsbuch? Mit Foto?« Und so ein kleines bisschen zittert ihre Stimme, glaubt Karl.

Er nimmt das Buch. Der Kontaktkleber beginnt glücklicherweise sich aufzulösen. »Klaro! Lieblingslehrer, Lieblingsessen, Hobbys und so. Mir fällt bestimmt was ein«, bringt er noch etwas mühsam heraus.

Florian drückt sich an der Scheibe die Nase platt.

Aus dem Lautsprecher schallt blechern eine Frauenstimme: »Auf Gleis 1 bitte einsteigen! Vorsicht bei der Abfahrt!«

Der Schaffner holt eine kleine, runde, rote Kelle aus seiner Jackentasche und hält sie hoch. Schließlich steigt er ein und zieht die Tür zu.

Langsam setzt sich der Zug in Bewegung. Charlotte steht am Fenster und winkt.

Karl spürt einen riesengroßen Kloß im Hals.

Der Zug verlässt pünktlich nach Plan den Bahnhof. Es ist genau 11 Uhr 37!

11. Wieso überhaupt Turnschuhe?

Jetzt sind sogar die Rücklichter vom Zug verschwunden. Karl steht verloren auf dem leeren Bahnsteig. In drei Wochen kommt Charlotte zurück und sie gehen ins Kino. Er kann es nicht fassen, er hat es geschafft. Karl fühlt sich richtig gut. Alles um ihn herum erscheint in einem warmen gelben Licht. Diese Aktion war ein maisgelber Knüller. Und Charlotte mit ihrem zitronengelben Kopftuch ist das Größte überhaupt. Für einen kurzen Moment fliegen ihm alle gemeinen Ängste noch einmal durch den Kopf. Das Dunkellila überschattet kurz die Sonne.

Aber dann grinst er über das ganze Gesicht und denkt: Tja, Adrian! Tut mir Leid! The Winner is Karl Welzen. Ach Quatsch, Blödsinn! Stimmt doch gar nicht: Tut mir überhaupt nicht Leid! Siegesbewusst richtet er sich auf und zieht den Rucksack über die Schulter. Irgendwie hat er das Gefühl, er sei gewachsen. Oder ist der Rucksack geschrumpft?

Ria! Es durchzuckt ihn wie ein Blitz. Siedend heiß fällt ihm seine Mutter ein. Alarmstufe Rot! Er muss sofort los!

Leider hat er keine Idee, wie lange die Bahn vom Bahnhof bis zum Chlodwigplatz braucht. Zehn Minuten? Zwanzig Minuten? Was soll er erzählen, wenn er verspätet zu Hause ankommt? Noch eine Notlüge? Ach, Quark mit Soße. Er schafft es! Schließlich ist es ihm gelungen, Schule zu schwänzen, trotz des bescheuerten Sandalenwetters Turnschuhe zu organisieren und Charlotte den Brief pünktlich zum Bahnhof zu bringen. Also bitte! Die Pechsträhne hat sich schlagartig in Luft aufgelöst. Er brauchte nur ein bisschen Mut und schon war das Glück auf seiner Seite, wandelte sich das wattige Lila in strahlendstes Gelb.

Trotzdem ist Eile angesagt. Karl rennt die Treppe hinunter, durch die Gänge des Bahnhofs, weiter zur U-Bahn-Station. Diese Info-Schalter sind wirklich praktisch. Er fragt, welche Bahn er nehmen kann, und kauft am Nachbarschalter einen Fahrschein.

Karl ist ein guter Läufer. Nur wenige Sekunden und er steht am Abfahrtgleis. Auf einer Tafel werden die einfahrenden Bahnen angekündigt. Das Glück hält an. Nummer 16 leuchtet auf: seine Bahn. Die wenigen Wagen füllen sich rasch. Schon schließen die Türen. Es ist kurz vor zwölf!

Die U-Bahn rattert aus dem Tunnel ans Tageslicht. Karl kaut nervös auf dem Riemen seines Rucksacks herum. Dann schaut er auf die Armbanduhr eines Mannes neben ihm: 12.08 Uhr. Nächste Haltestelle: Chlodwigplatz. Karl drängelt zum Ausgang. Die Tür öffnet automatisch und er steht auf der Straße.

Er hat es echt geschafft. Jetzt wird er das letzte Problem auch noch lösen. Zeit für Strategien bleibt nicht mehr. So schnell er kann, rast Karl nach Hause. Er springt die Treppe hoch und steht atemlos mit verschwitzten Haaren in der Diele.

Ria beobachtet erstaunt, wie ihr abgehetzter Sohn seine Sachen fallen lässt: »Hallo, Karl! Jesses, bist du außer Atem! Und total verschwitzt! Warum beeilst du dich so? Du bist extrem pünktlich!«

»Ich weiß!«, antwortet Karl kurzatmig.

»Warum bist du denn dann gerannt?«, fragt sie skeptisch.

Karl umarmt seine irritierte Mutter und

erwidert mit Herzklopfen: »Weil ich dir unbedingt was erzählen muss.«

Und dann sitzen Ria und Karl am Küchentisch. Und aus Karl sprudeln Wörter und Sätze. Mit Händen und Füßen und hochroten Wangen erzählt er Ria haarklein seine Erlebnisse. Ria sagt kein Wort. Ernst hört sie zu. Ihr Gesichtsausdruck wechselt von Augenblick zu Augenblick zwischen Erstaunen, Skepsis und Unmut. Sie stützt das Kinn in die Hände. Immer leiser werden Karls Sätze. Schließlich beendet er seine Erzählung.

»Bist du jetzt sauer, Mama?« Zaghaft versucht er in Rias Gesicht zu lesen, was in ihr vorgeht.

Und Ria beugt sich über den Tisch und streicht ihrem Sohn liebevoll über den Kopf. Ihre Augen, ihr Mund, ihr ganzes Gesicht, alles scheint zu lächeln: »Nein, Karl, überhaupt nicht. Ich bin froh, dass du mir das erzählt hast. Und weißt du was? Ich schreibe dir eine Entschuldigung für Frau Larens!« Sofort wird sie wieder ganz ernst: »Das ist aber eine absolute Ausnahme!«, fügt sie streng hinzu.

Dann fällt ihr Blick auf Karls Füße: »Sag mal, Karl, das ist ja kein Wunder, dass du so schwitzt. Bei dem Wetter ist es doch viel zu warm für Turnschuhe.«

Ria fasst sich nachdenklich an die Stirn. Eine steile Falte taucht zwischen ihren Augenbrauen auf:

»Wieso überhaupt Turnschuhe??????«

Geschichten von großen und kleinen Wundern

Per Olov Enquist

Großvater und die Wölfe

Mit Illustrationen von Leonard Erlbruch

ISBN 978-3-423-**62226**-4

Mitten in der Nacht wird Mina von einem Krokodil in den Po gebissen. Dass der Biss einem Mückenstich zum Verwechseln ähnlich sieht, macht den Schrecken für Mina nicht kleiner. Da kann nur der Großvater helfen, nämlich mit einer Expedition gegen die Angst auf den Berg der drei Höhlen. So eine Expedition muss gut vorbereitet sein, aber der Großvater hat da Erfahrung. Und hätte er sich nicht kurz vor dem Gipfel das Bein gebrochen, wäre auch alles glatt gegangen. So wird aus dem kleinen plötzlich ein großes Abenteuer.